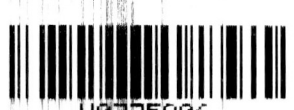

約會

周夢蝶

当代世界出版社
THE CONTEMPORARY WORLD PRESS

图书在版编目（CIP）数据

约会 / 周梦蝶著 . —北京：当代世界出版社，2015.3（2019.3重印）
ISBN 978-7-5090-0966-6

Ⅰ . ①约… Ⅱ . ①周… Ⅲ . ①诗集—中国—当代 Ⅳ . ① I227

中国版本图书馆 CIP 数据核字 (2015) 第 048462 号
著作权登记号 图字：01-2015-1348

书　　名： 约会
出版发行： 当代世界出版社
地　　址： 北京市复兴路 4 号（100860）
网　　址： http://www.worldpress.com.cn
责任编辑： 高　冉
编务电话：（010）83908456
发行电话：（010）83908410
经　　销： 全国新华书店
印　　刷： 北京华联印刷有限公司
开　　本： 880 毫米 ×1230 毫米 1/32
印　　张： 6.5
字　　数： 72 千字
版　　次： 2015 年 5 月第 1 版
印　　次： 2019 年 3 月第 2 次印刷
书　　号： 978-7-5090-0966-6
定　　价： 45.00 元

周梦蝶人瘦、语瘦、境亦瘦，一向予人“思致清苦”的印象。（曾进丰供图）

孔雀藍的花雨漸失

風乍起。是誰的舞腰如水蛇

在風中，被荒野的呼喚

濃醉復洗醒的風中

梟烏梟復以花梟。直到

梟低了天邊片

梟首梟衣亂的花瞎了命運的眼睛

劍的眼睛

血！縱不義不義流淌。

把一個只有過來人經驗給冷接的淺淺天

那人漸行漸遠漸明滅如北斗

千萬衆披着自己的頭顱

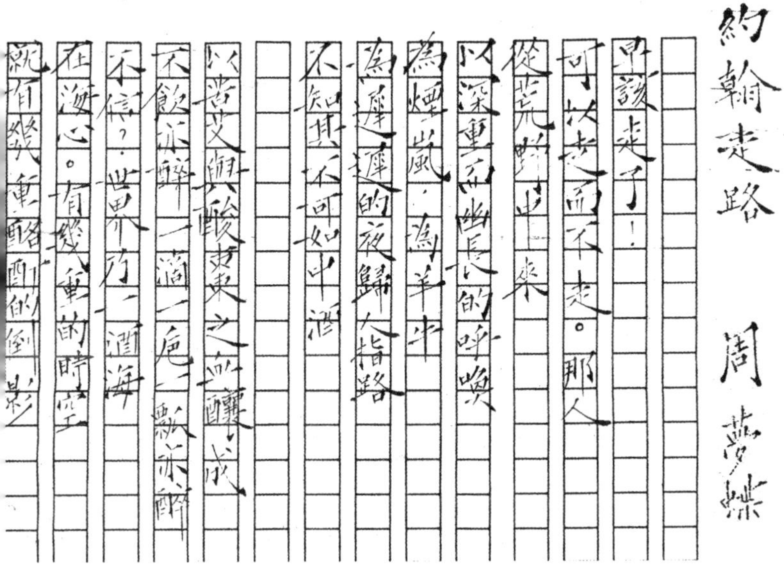

約翰走路

周夢蝶

早該走了！
可以走而不走。那人
從荒野中來
以深重而幽長的呼喚
為煙嵐，為羊牛
為遲遲的夜歸人指路
不知其不可如中酒

以黃艾與酸棗之無釀成
不飲亦醉一滴一卮一飲亦醉
不信？世界乃一酒海
在海心。有幾重的時空
就有幾重酩酊的倒影

周梦蝶手迹《约翰走路》。

目　录

辑二　为晓女弟作　凡四题十首

辑三　约会

辑四　**远山的呼唤**　辛巳除夕对酒有怀小林正树等诸大师

附录

一块彩石就能补天吗？

——周梦蝶诗境初窥

余光中

四十年来在台湾的新诗坛上，周梦蝶先生独来独往的清癯身影，不但空前，抑且恐将绝后。

在我们的诗人里，他是最近于宗教境界的一位，开始低首于基督，终而皈依于释迦。在一切居士之中，他趺坐的地方最接近出家的边缘，常常予人诗僧的幻觉。他的笔名起于庄子的午梦，对自由表示无限的向往。不求名利，不理信息时代的方便与纷扰，无论在武昌街头与否，他都是不闻市声的大隐。对现实生活的要求，在芸芸作家里数他最低了，所以在诗中他曾以荻奥琴尼斯和许由自喻。可是另一方面他又一诺千金，不辞辛苦为朋友奔走的精神，却又不愧于儒家。都到了一九九〇年了，台北之大，似乎只有他一人还在手持莲花，抵抗着现代或是后现代的红尘。今之古人，应该是周梦蝶了。

不过他又是这娑婆世界最不自由的人。因为生活不难解决，生命却难安排。大患之身，正是寸心所寄。时至今日，要糊口并不难，难在喂饱这寸心。无论把《孤独国》或《还魂草》翻到第几页，读到的永远是寂寞。戴望舒的诗说，蝴蝶的翅膀像书页，翻开，是寂寞，合上，也是寂寞。他说的正是一个叫梦蝶的人。在生活上一无羁绊的梦蝶，在感情上却超脱不了，而经常受困于一种无始无终无边无际的压力，正是他心灵的孤寂。至其绝处，甚至有“天堂寂寞，人世桎梏，地狱愁惨”这样的诗句，有时更说：“逃遁是不容许的／珂兰经在你手里／剑，在你手里。”

周梦蝶是新诗人里长怀千岁之忧的大伤心人，几乎带有自虐而宿命的悲观情结。在这方面他毋宁更近于纳兰性德、黄景仁、龚自珍、苏曼殊、王国维、李叔同一脉近世诗人的传统，而于当代诗家之中，自然而然最崇拜周弃子。前述的纳兰六人莫不深于情而又苦于情，一腔悲怆无法自遣。周弃子更其如此，自谓对于爱情是一团漆黑的绝望。台湾新旧诗坛之有二周，颇能互相印证。

叶嘉莹为《还魂草》作序，依处理感情的态度，把陶潜、李白、杜甫、苏轼归入善于处理悲苦的一类；至于屈原和李商隐，则遣愁无力，只能沈溺苦海之中。她把周梦蝶和谢灵运相比，认为大谢的山水与名理排遣了政治的苦闷，但是周梦蝶并无现实利害之纠缠，其悲苦来自纯情，所以能从纯情的悲苦里提炼出禅理哲思，而把感情提升到抽象与明净的境地。翁文娴也赞誉他为淡泊而坚卓的狷者。

周梦蝶写《孤独国》和《还魂草》的岁月，正当现代主义流行于台湾文坛，但是除了一种孤绝的情怀和矛盾语法、张力一类的技巧，他的诗和当时的现代诗风有颇大的差异，成为制衡西化的一个反动。那时的现代诗力反浪漫，嘲弄爱情而耽于写性，且把性欲写成无可奈何的虚无姿态。梦蝶诗中追求的却是古典之情、圣洁之爱，正是反潮流的纯情。翻遍他的“少作”，满纸的寂寞和悲苦全由于这一个“情”字。他的悲情世界接通了基督、释迦和中国的古典，个人的一端直接于另一个时空，中间却跳过了社会。

最近在何凡八十华诞的寿宴上，痖弦对我说起，周梦蝶是最浪漫的诗人。事后寻思，觉得此言甚确。从早年的《孤独国》到八十年代的近作，他的诗纯然是抒情，所抒的大半是难能而难遣之情，而且总是那么全力以赴，生死以之。我与梦蝶相交多年，见面往往止于论道而不互通隐衷，近乎畏友。所以他在感情上的心路历程，我也不很了了，只知他曾结婚，和周弃子一样。梦蝶是一位极其主观而唯心的诗人，诗中绝少现实时空的蛛丝马迹，更有宗教与神话的烟幕相隔，很难窥探其中的“本事”。像《失题》中的那粒红钮扣，已经是不可多得的“物证”了，也不足作为郑笺。

然则梦蝶诗中那一片弥天漫地而令人心折骨惊的悲情，究竟为何而起？从大多数作品看来，其主题不外是生命的观照、爱情的得失、刹那的相知、遥远的思慕、灵肉之矛盾、圣凡之难兼。叙事诗多用第三人称，抒情诗多用第一人称，但是情诗、抒情诗中最隐私的一种，却多用第二人称。《还魂草》四十八首诗中，对“你”窃窃私语的占了二十七首。《孤独国》里这样的比例小些，但也占了三分之一上下。这些诗中的“你”所称的，不会是同一个人。

许多诗里有“你”也有“我”，足证“你”是诗人倾诉的对象，《失题》、前后《一瞥》、《空白》、《虚空的拥抱》、《绝响》、《囚》、《天问》、《行到水穷处》等等正是如此。此外，《还魂草》里的“你”应该指那仙草，《关着的夜》里的“你”应该指女鬼，《燃灯人》里的“你”应该指佛，都有脉络可寻。可是另有一种情况，是诗人身外分身，对自己说话，称自己为“你”，造成一种对镜顾影的幻觉。《菩提树下》《托钵者》《寻》《孤峰顶上》等首都有这样的倒影作用。在梦蝶的诗中，人称是解题的一大关键。

用情深厚而生死赖之，固然是梦蝶之所苦，恐怕也是梦蝶之所甘。除了血与泪，他似乎不知道写诗还可以蘸别的墨水。像《行到水穷处》这样得意而笑的作品，在他诗中应是例外。近作《于桂林街购得大衣一领重五公斤——之二》富于人间世温情，而附注所言“**诗云：‘岂曰无衣，与子同泽！’思之，不觉莞尔。**”也流露静观自得的谐趣，颇出人意外。他的多数情诗，不论所抒是狭义的爱情或广义的同情，都是将热血孤注一掷而义无反顾。他伤完自己的身世，余悲可贾，还要为《聊斋》里的女鬼和《圣经》里的妓女放声一哭。近几年来，得他赠诗的也都是人间的五六位兰蕙才女，甚至手持红梅的车上老妪也能够入他的近作《老妇人与早梅》。就我记忆所及，梦蝶似乎从未赠诗给同性文友，这在师承中国古典诗传统的梦蝶说来，倒是反传统的。我曾先后赠他二诗，他照例没有答我。人各有情，这当然不足为怪。可是他这么专心一致地欣赏女性，不禁令我要说一句：周梦蝶也许不是庄周再生，而是《石头记》的石头转世，因为他如此痴情，还不到鼓盆之境。

《还魂草》的作者在某些方面实在近于李贺，因为两人都清瘦自苦，与功名无缘，都上下古今欲摆脱现实的时空，都深情入于万物而悲己悲天。泪的意象在两位河南诗人（淅川距昌谷不过二百公里）的作品里都很普遍:《还魂草》中有一半以上的诗出现泪与哭泣。《囚》的第二段完全是昌谷诗境。和长吉一样，梦蝶也是一位主观的诗人，但是梦蝶比古锦囊客还更主观，而且唯心。长吉诗中的感性还时有写实之处，梦蝶的诗几乎没有写景，全是造境。近年梦蝶渐有咏物之作，他的造境有时也能接通现实，不再是无中生有了，例如《疤——咏竹》一首，便是物我交融虚实相生的咏物上品，可谓一次突破。早年他的诗质因用典频繁而虚实互证、今古相成，但用得太多时也会嫌杂与隔，尤以中西古今混用为然。另一特色是好用矛盾语法，来加强诗意的曲折、语言的张力，并追求主题的矛盾统一：警句往往因此产生。但如果用得太多，也会失效。在近作里，由于诗人的激情趋于恬澹，典故与矛盾语法也相对减少，得之于自然者，又恐失之于散文化。尚望诗人能妥加安排，更登胜境。

一九九〇年元月

辑　一

陈庭诗卷

为耳公陈庭诗兄铁雕展作
即以其题为题

人之有德慧术智者，恒存乎疢疾。

——孟子

香赞

月轮依地轮而转，地轮依日轮
日依火，火依风
风依无所依
无所依依无无所依
无无所依依无无无所依……

将缺陷还诸天地，
山外有山，夕阳无限好无限，
不耳而听，如妙喜龙
以苍鬣一滴，以独角
亦能兴云布雨，嘘枯吹生。

附注：
妙喜，龙王名，梵语难陀，为天竺甘露国守护，风雨以时；以不良于听，以角为耳。

诗与创造

上帝已经死了，尼采问：
取而代之的是谁？

“诗人！”
水仙花的鬼魂
王尔德忙不迭地接口说。

不知道谁是谁的哥弟？

上帝与诗人本一母同胞生，
一般的手眼，一般的光环，
看！谁更巍峨更谦虚
谁乐于坐在谁的右边？

戊寅上元后三日于淡水

附白：
周弃子生前曾盛赞耳公之诗，以为可与韩偓龚定庵诗僧曼殊上人相颉颃；惜为画名所掩，知之者少耳。

约翰走路

早该走了！
可以走而不走。那人
从荒野中来
以深重而幽长的呼唤
为烟岚，为羊牛
为迟迟的夜归人指路
不知其不可如中酒

以苦艾与酸枣之血酿成
不饮亦醉一滴一卮一瓢亦醉
不信？世界乃一酒海
在海心。有几重的时空
就有几重酩酊的倒影

孔雀蓝的花雨满天
风乍起。是谁的舞腰如水蛇
在风中，被荒野的呼唤

浇醉复浇醒的风中
袅袅复袅袅。直到
袅低了天边月
袅直袅乱袅瞎了命运的眼睛
剑的眼睛

血！终不为不义流。
抛一个只有过来人才深知冷暖的浅笑
那人渐行渐远渐明灭如北斗
手里挟着自己的头颅

后　序

国王希律，欲以其弟腓力之妻为妻。先知约翰苦谏。王怒而囚之幽室，绝其食饮。王有女曰雪萝，久仰约翰之名之仁之智之词采与风标，乃于深夜具酒脯，只身往视之。约翰已先知之，惟倚壁瞑目坚坐，轻吐“公主自爱”四字而已。女抱恨负媿出，欲诉之于母，入之以罪，而苦于无辞。会希律六十寿庆，女乃着轻绡之衣，啣鸡舌之香，即席仙仙作天魔舞。王形神俱惑，以锦缎百疋，赤珠十斛酬之。女不受，曰:“愿得罪人约翰之头而甘心焉。”王始而愕然，继而嘿然，环顾左右臣僚，皆面如寒灰，无敢议其非者。须臾，以金盘取约翰之头至，女失声号痛，匍匐而前，掬而狂吻焉。挚友许小鹤居士如是说。

公元二十一世纪愚人节前十日

凤凰

甚矣甚矣甚矣衰矣衰矣衰矣
枇杷与晚翠梧桐与早凋

宁悠悠与鸥鹭同波燕雀一枝
一任云月溪山笑我凡鸟

一九九九年五月二十一日

蚀

之一

一般的月亮
一般的中秋节。为甚么
挂在我家枣树上的，
独独
缺了那么一角？

据说月亮的肚子里
总有一只白兔蹲着，
而白兔生来缺唇。

我问阿雄：今夜你家枣树上的月亮
是否也缺唇，像白兔？

不不！阿雄说他家没有枣树，
他家的院子和阳台上只有瓦钵

瓦钵里有露珠，露珠里有月影
而月影颗颗都是圆的！

之二

——兼有感于电影《绿光》最末一景

谁知？谁知此刻我正与孤山
与寒烟衰草无言相对？

近了近了近了……
落日依依之红与西山垂垂之紫
有限与无限
从容与慷慨

善哉善哉
要不要述偈，以有言印于无言
像“华枝春满，天心月圆”那种？

不。来不及，来不及了，

皓月已东上，星影摇摇
宿鸟飞，钟鸣，千岩出。

之三

以铁雕为侍妾。
应念而至，在仙人掌上：
红拂，绿珠
紫鹃，紫绡。乃至
许飞琼，步飞烟，耶律含烟……

更痴心妄想，便要遭天忌了！
花好，月圆，人寿，
几世修得？不信
你痛极时会哭
乐极时也会哭啊。

一九九八年九月一日

为全垒打喝彩

——漫题耳公版画编号第八十四

好球！

（千山共一呼）

自大峡谷鸟飞不到的最深深处击出
谁能捧接？君莫问
蒹葭之所在即溯洄之所在
自有玉貌玉衣人，双双复双双
挟天香，蹑月波而下
如木樨花落
众睡皆起。鱼群
为私语之星影所惊
齐说：今夜的天河
水声之冷
总算没有白冷

我来我睥睨我征服

止止！不须说：

老兵最难写的一撇是最后的一撇

壬申七夕之又次日于淡水

未济八行

顺着风势牛郎
急急忙忙地向东走

逆着风势织女
忙忙急急地向西走

行行行行何处?
何处有群鹊飙下如断虹一抹?

天河一向清浅由于
天河一向不曾有谁涉足

壬申七夕于淡水

既济七十七行

遥为将于十月莅台
耳公陈庭诗兄之新妇
张珮女史催妆

我们的银河
才只有七尺七寸宽
我们的织女和牛郎
已足足涉了三个多月
又三年

三年又三个多月的思慕
期待与奔赴，是否
与甜蜜成正比？

在寸阴贵于寸金千千倍的这年头
大家都各忙各各顾各

谁有如许闲情豪情与恻隐，乐于
拿自己的翅膀
作他人的桥梁？纵然
打这上头走过的是织女
织女的白足

信否？路是天下有心人
手牵手肩并肩
一步一步走过来的。
看！我们的牛郎笑着
把草鞋与牛鼻裤顶在头上，
打一个十字结
用织女的香罗带
将织女的绣罗襦、紫玉钗
玉珮和玉梭，顶在
头上的头上。

一步一漪涟
一步一两心共喻的冷暖。向彼岸
彼岸的藕花深处
缓缓地荡开……

怪就怪在：我们的彼岸
明明就在我们的眼前
一举步即可跨越的
却老是老是差那么一点点
只有一步那么近
只有一步那么远的一点点

然而然而然而毕竟毕竟毕竟
路是有心人走过来的！
看！这似乎老是跨越不了的一步路
我们的织女和牛郎，终于
手牵手肩并肩地走过来了
在三年又三个多月之后

拂一拂满身的水珠
交换一个快意而掷地有声的凝视
这才蓦然发现：我们的
织女的玉珮，不知何时
滑失在银河中——
好在，玉梭还在玉钗还在
不幸中之幸
玉梭可以织锦玉钗可以结发

不幸中之大幸
打从地天犹未开辟时
我们的织女和牛郎
便各自在娘肚里，你侬我侬
指着未来的月面佛起誓：将彼此
打造成一双玉人
玉艳玉清玉玲珑玉温柔玉坚贞
合起来是一双人
拆开来依旧是一双人
初相见是农历七月七
花烛夜，灵魂儿飞上天的
洞房花烛夜
不早也不迟，居然
七月七也是。
天心？地心？人心？
因法？缘法？果法？
秋不老，叶不红；
韵不险，诗不峭。
雁字人人来时，
敢云人乞巧？真巧欲乞人了！

明年七月七日会不会有小织女

或小牛郎，呱呱
破空自天而降？
听！银河之水流着
为天下所有有心人而流着
向东。还记否？
东之时义曰春曰震曰喜
曰：切切不可为第三者说

辑　二

为晓女弟作

凡四题十首

词人者，不失其赤子之心者也。

——王静安

集句六帖

一

月亮是圆的
诗也是——

未识面已先倾心，
这无猜的两小
为甚么？不让他们像猫狗一般
到积雪的丛草里打滚！

二

昨夜的月色
至少有一瓣是甜的——

一只小鸟才偷偷尝了一眼
便触电似的晕了过去
从此不再醒来

所有昨夜迟睡的老树都说：
这只小鸟是醉死甜死的！

可可！作为迟睡的老树之一
（如果诚实不是罪过）
我要说：这只小鸟是渴死瘦死的
看！那不瞑的双眼
信否？他一向住在石头的胃里

三

风有风的威势
花有花的能耐

风能战而不能不战
花不能战而能不战——

不能不的鼓声比能不的
二者谁更雄浑而富于说服力?

不可一世的风，信否？至少有一次
至少有一次，你为花所败！

四

从甚么地方来的，当然
仍甚么地方回去。

仁慈的乳母啊，还原我
还原我为一湖溶溶的月色吧！

五

月亮是圆的。
有时，只有半圆！

用半圆的月亮
为我的诗句押韵可好？

天空的一半没有颜色
小鸟的一半没有羽毛

用月亮的半圆
为我的诗句押韵可好？

六

刚睡醒的林野
一条小路如竹马
自童年那边
款款行来
天空是紫丁香色

又是有翅和无翅的
想飞，想冲天的时候到了
一尊狗尾草
优雅地伸手给另一尊狗尾草

据说：洞庭湖的层冰
六百里外的昨夜
已被小鱼儿吹破，咬碎

打一个鱼肚白的呵欠
早春的风袅袅猫背一般弓起

癸酉冬续二帖

之一

悲哀究竟有几层？
你能看透几层？

血在温柔的地层下
温柔地流着——
从不呼痛的血
冷热都由他人去说的血

恩怨折扇似的一开一合没有年龄
鸟巢里的鸟，从来
只守望着鸟；麦田里的麦子
只扶持着麦子

当蟋蟀呼啸着自九月的床下游出

乃恍然于你我共住在一条河里

之二

有人用耳
有人用眼；有人用
非想非非想
浪漫。而，我们的野百合用呼吸。
自石头记第六十六回逸出
惊定痛定之后
属于尤三姐的
梦与醒。欲说，苦于不知该说向谁

眼看着要走的
都远山远水地走了
眼看着要来的
都远山远水地来了

冷眉，赤足，空钵

这高高低低的孤寂与孤寂

沉吟着，由桥这头踱到那头

复由那头回向这头，说：

脚印低于地面，

桥下流的总是逝水！

一九九四年三月十六日

用某种眼神看冬天

用某种眼神看冬天
冬天，冬天的阳光
犹如一簇簇恶作剧的金线虫
在白雪的身上打洞

不呼痛，也从不说不的雪！
一个洞眼一个
快意的，我把忧愁
譬如昨日死的忧愁
一个洞眼一个
一个洞眼一个地埋却
在某个吞声而不为人知的深夜

要来的，总是要来的！
用某种眼神看冬天
冬天，一切的一切都在放大，加倍——
日，一日长于一日，

夜，一夜暖于一夜，乃至
黑猫的黑瞳也愈旋愈黑愈圆愈亮
而将十方无边虚空照彻

所有的落叶都将回到树上，而
所有的树都是你的我的
手的分枝。信否？
冬天的脚印虽浅
而跫音不绝。如果
如果你用某种眼神看冬天

一九九四年五月十二日

三个有翅的和一个无翅的

——题画：戏代作

仿佛自有时间以来就一直蹲着在这儿
在一根细细瘦瘦的柳枝儿上
不即亦不离
小兄弟似的
蹲着三只鸟

一如走向我自己
我走向他
我已走向他了
而他却一些儿也无感于我的走向
只静定而若有所思地凝视着我

不同枝不同树不同林而同气
想必在他眼里我也是一只鸟了
圆颅而方趾，无翅
耽于自残和冥想
动物学里属猛禽类

一九九四年二月一日于淡水

辑　三

约会

薜荔愁中鬼，桃花劫外身。

——厉鹗

竹枕　附跋

隐隐若有我
从我眸中
越过你
飞向天外天的天末

冷冷然！若一往更不复往，
只将睡姿留在这里。

一步一涟漪：时光倒退着走向去年
去年夏天的某一个傍晚——
是谁？带领我的眸子
我的眸子带领我的脚步
我的脚步带领我
走向你，空心而直节
多生多劫前，冷暖过的另一回自己

不可待不可追不可祷甚至不可遇，

何来的水与月！
千水中的一水
千月中的一月
或然之必然，偶然之当然
不相知而相照：居然在掌上，在眉边。

从来不曾一而二二而三三而
无量无边地飞过，
而飞自今日始！

再拜竹枕你
再拜松田圣子你。知否？
是你，是你使我不修而脱胎换骨的！
横身已百千万偈
欹即菩提。谁道枯木未解说法？

客岁四月某日，偶于淡水“石饼”艺坊，以七折特优价（四九〇元）购得一竹枕；长尺半，阔六寸许，两端微翘如船，四角各镌有蝴蝶图案。据坊主人称：此枕乃寄售，其制作者为一日妇，与影歌双栖女星松田圣子同名。余自得此枕，耳存目想，朝钓天而夕华胥，自谓蒙庄化蝶之乐不是过。南师怀瑾夫子有句云:“花竹幽窗午梦长，此中与世暂相忘；华山处士何须见，不觅仙方觅睡方。”字字清切，几疑为我咏也。

一九九二年壬申孟夏于淡水外竿寓楼

香颂

——书云女弟贺年卡“雪梅争春”小绘后

蝴蝶没有自己的生命，
所有的蝴蝶都是为
所有的花而活的！

为所有的花而活
为所有的花
所有的。虽然，美中之不足
只无端闲了梅与雪。
美中之不足
美中之不足
莫非造物特别偏爱不足？
为所有的花而活
君不见：所有的蝴蝶
生生世世修温柔法的蝴蝶
欸！乃不知有冬
更无论梅与雪

五瓣的红与六瓣的白

第几类的接触?
是谁？以无中生的手
将美中之不足，轻轻
点化为不足中之美

从此天巧不敢自言多于人巧
从此高处高平低处低平
六瓣的白与五瓣的红，袅袅
飙起一段侧翅而光可鉴人的天空
且无须上下，已自在
而一新了造物的耳目
而成为耳目

不可能的可能
造物者乃为物所造
不可能的可能。甚至
白与蓝与红久已心心相约
我我永不凋谢，而你你
你你也永不飞去甚至永不飞来

风

——野塘事件

难以置信的意外
据说：你是用你的鱼尾纹
自缢而死的

乍明乍灭还出
一波一波又一波
绮縠似的，
啊！那环结

多少忧思怨乱所铸成
自乍起
而不能自已的风中

只一足之失
已此水非彼水了
依旧春草

依旧燕子、红蜻蜓
云影与天光——
你，昨日的少年
　　昨日的
翩翩，临流照影的野塘

无边的夜连着无边的
比夜更夜的非夜
坐我的坐行我的行立我的立乃至
梦寐我的梦寐——

门，关了等于没关
应念而至
烛影下，相对俨然
俨然！芥川龙之介的旧识

鱼尾纹何罪？野塘何罪？这疑案
究竟该如何去了结？红蜻蜓想。
至于那风，燕子和春草都可以作证：
“他，只不过偶尔打这儿过路而已！”

冬之暝
——书莫内风景卡后谢答赵桥

雪有温度的

屋子也有
树、草与路
也有

你说。这屋子
是高高低低的
　宽宽的肩膀
　厚厚的胸膛
砌的

这屋后的树丛
这丛树的枝丫
孪生兄弟的手臂似的
伸展着

低过来

向这边

袅袅有晚炊生起的这边

为近近远远的天涯而绿

草心

细而委曲

如发

隐隐约约有些情怯起来

——近了

路的脚步轻轻

目极处

本来无限低平的天

更其无限低平的了

一九八七年三月九日

弟弟呀

——十行二首拟童诗

之一

想哭的时候
弟弟呀！小黑菌的弟弟呀
你这柄小黑伞，指甲那么大的
真能为你遮雨？

雨下在头上；更多的时候
雨下在肚里。

下在头上的雨
弟弟呀！你有你的小黑伞。
下在肚里的雨
下在肚里的雨呢？

之二

入秋了！
识愁和不识愁的露珠，夜夜
在草叶尖上
端详自己。

——草叶不说话
只微微地倾斜——

只微微地倾斜，
不说话
也不断折。草叶呀
肩膀才只有一寸宽的弟弟呀！

一九九四年八月十六日

咏雀五帖

一

侧着脸
凝视
每天一大早挤公交车的朝阳

荡秋千似的
一只小麻雀
蹲在鸡冠花上

二

悄悄在娘肚里练就
此一身轻功

不为不平
或翩翩学少年
只为惜流光
不忍此白日
此未及地的
粒粒香稻之虚弃
而越陌度阡
而飞檐走壁

三

越看越妩媚
与你，已守候多时的稻草人
在狭路处
一笑相逢
遂印成知己

（我们同是吃风雨长大的）

葵扇无可无不可地摇着
不速而自至，甚至
沉思你的肩上
拉屎拉尿在你的头上脸上
无怒容，亦无喜色

（你说：风雨是吃我们长大的）

四

原来至深至善至美的乐音系于眼前此一
此一无谱的电丝之上——
在风风雨雨后
在我的立处
踵犹未旋
已响彻三十三天

静寂缘所有的无边萧萧而下
静寂对所有善听的耳朵说：
醉吧醉吧醉吧
（请勿拒绝你自己）
你能醉多少醉
就满你多少醉

拒饮？多饮或少饮都由你不得
看！草石虫鱼已分去静寂的十之一
稻草人自斟自酌了十之一
至于那一大块荒弃的十之八
静寂指着我垂垂的睫影说：那是你的
那是你的，小自在的天下

五

人之所以为人亦犹
雀之所以为雀
（总有倦飞的时候）
虽然，虽然子非雀
焉知雀

雀之所以为雀亦犹
人之所以为人
（总有倦行的时候）
虽然，虽然雀非子
焉知子

饱足睡足逍遥足
唯一的
也许可称之为缺憾的
欤，莫非就是这袅袅
诔辞似的
唯美而诗意的最后一笔？

连雪的模样甚至
连雪的名字都没听说过
更遑论雪的体温
更遑论以身殉?

——在梅树根
昏黄摇曳的月影下
拳拳
簇拥着自己
六瓣
一寒更不复寒一醉更不复醉的
另一个自己
入睡——

奢侈啊！除非
除非你不甘的雀魂
自欲灭不灭的雀睫下窜出
一跃而跻身玉山或更高更高于玉山
不可能的极峰而一口吸尽
那芳烈，那不足为外人道的彻骨

一九九一年十一月十四日

重有感

之一

信否？有你的，总是有你的——

曾因羞愤而自杀的香魂
袅袅，自深井中逸出
再世又再世为人之后
天转路不转，芳名依旧金钏

果后果，因中因，缘外缘
如是如是如是
花雨中，世尊以微笑宣说

有你的，总是有你的！
不信？满园的秋色
一树的枣子

为甚么？只红了你一个
欸，只单单红了甜了消魂了
你一个

　之二

一切
（昨佛今佛后佛一口如是说）
你是你的一切

——你是船
你是帆是桅是橹也是舵
　是乘船
也是造船人

海天与风涛，远梦与归期
彼岸到时
恻恻：恰是此岸

离恨初生
揽衣欲上时

之三

久久，或更久于久久以前
是谁？偶尔抛下这句
稗子似的誓言
今夜，在那人的指尖上
开花了

花红似血。汩汩的
夜以继日
不出声地流着

曾经射杀无数天下人的眸子的
亦曾为天下无数人的眸子所射杀
生生世世生生

那人的指尖
欸！生生世世生生
凤仙花的幽怨

之四

天把楼梯高高地举起来

楼梯把窗
窗把枕头
枕头把夜
夜把一鬈香梦沉酣的黑发
高高地举起来

直到高过了屋顶
连烟囱甚至连绝望
都飞不上去的

即事

——水田惊艳

只此小小
小小小小的一点白
遂满目烟波摇曳的绿
不复为绿所有了

绿不复为绿所有
在水田的新雨后
若可及若不可及的高处
款款而飞
一只小蝴蝶
仿佛从无来处来
最初和最后的
皓兮若雪

最最奢侈的狩猎，也是
最最一无所有的狩猎吧！

风在下
浩浩淼淼的烟波在下
撒手即满手
仙乎仙乎！这倒不是偶尔打这儿过路
翼尖不曾沾半滴雨珠的蝴蝶自己
始料之所及的

一九九一年八月七日

约会

谨以此诗持赠
每日傍晚
与我促膝密谈的
桥墩

总是先我一步
到达
约会的地点
总是我的思念尚未成熟为语言
他已及时将我的语言
还原为他的思念

总是从“泉从几时冷起”聊起
总是从锦葵的徐徐转向
一直聊到落日衔半规
稻香与虫鸣齐耳
对面山腰丛树间

袅袅
生起如篆的寒炊

约会的地点
到达
总是迟他一步——
以话尾为话头
或此答或彼答或一时答
转到会心不远处
竟浩然忘却眼前的这一切
是租来的
一粒松子粗于十滴枫血！

高山流水欲闻此生能得几回？
明日
我将重来；明日
不及待的明日
我将拈着话头拈着我的未磨圆的诗句
重来。且飙愿：至少至少也要先他一步
到达
约会的地点

一九九一年三月十七日

八行

黯然消魂者，唯别而已矣。

——江淹

谁画的秋池
谁画的？这秋池上的荒烟
荒烟上的枯荷
枯荷上的冷雨

绝似谁的一弦一柱
在坐立都不知如何是好的今夜
自无量劫前，一挥手
已惊痛到白发

四行　附跋

眼之上有眼，之上复有眼；
足之下有足，之下复有足——

路是倒退着一步一步走过来的！
一眼望不到边，荷叶上的泪点。

廿余年前于三峡近郊，乍见水牛背上有大白鹭鸶伫立，意态闲远，顾盼自若；而水牛惟默默俯首噬草，时而轻摇其尾，浑若不觉知者。莞尔之余，忽生痴想：此白鹭鸶此水牛得非文殊普贤二大士游戏人间，现身说法，以警世之有足无目，或有目无足者欤？吁，未可知也。

乙亥上元追记于淡水

淡水河侧的落日

——纪二月一日淡水之行并柬林翠华与杨景德

观音仰卧在对岸淡水河的左侧
落日，婴儿似的
依依在观音膝下的右侧

由柘红而樱红而枣红酱红铁红灰红
落日的背影向西
终于，消魂为一抹
九死其未悔的
胭脂

纵欲说亦无人会
这垂灭的灯蕊的心事
一红更不复红
胭脂的背影
这紫血。连环绕在四周
恨不能以身殉的微云都确知且深信：

这紫血
决不可能再咯
第二口的

圆轨永远绕着圆走
明天。今天的落日
仍将巍巍升起
——在观音默默念自己的名字
念到第十二句的时刻——
虽然，虽然名字
名字换了
朝阳

我说：一切胚胎于
一切之所以为一切——
豌豆之所以圆
菱角之所以弯……

所有能说的
落日都　面面
拈提过了。
此刻，你说，你唯一的渴切与报答

是合十

与

瞑目

如是如是。曾经在这儿坐过的

这儿便成为永远——

淡水河永远

淡水河侧的落日永远

观音山永远

永远永远

病起二首

（有序）

予以荒诞，不戒于风，端午节前夕，窗开四面，裸身而卧。次晨，乃大咳而特咳，伏枕三昼夜未下楼，强咽馒头一枚，饮姜开水二十余大杯，十日后，小瘥，勉以长短句代简，驰白薹葹、阿璞、阿敏、赖云根、苏敬静、严婵娟诸善友。

之一

终于，又藕断丝不断地醒了转来
在九九第八十一劫之后。

终于，又听到窗外石榴花开的声音
锦雀在对山不近不远处姑姑姑姑地叫着
他口里姑姑心里眼里是否也姑姑？
想及昨夜千不该万不该在梦中出现的那人
锦雀啊！莫非，你就是我的名字？

之二

无端若有青藤有白鸥悠悠飞起自肘后；虽然肘，依旧是昨日似曾相识的肘。

于高阳台负手而立
面对一肩紫雾、万顷紫竹我自问：
活着是否等于病着？
欲分身为一株药树
历劫乃得，抑一念而苍翠如盖？

一九九四年十一月二十八日

细雪

寒冷是没有季节的！

——Octavio Paz

窸窸窣窣切切低低切切
是你！细雪的精魂
今夜，又出其不意地来叩访我了！

（今年的冬季好冷又好长啊）

先有地先有天，地天从何而来
你的左手和我的右手如何交握
（离地三寸三尺，忽坐忽行忽立
慑人的清光到眼如剑出于匣）
之类的话题。我最最怕听
偏你又最最爱说——

水与诗。信否？你说：
所有的水皆咸
所有的诗皆回文
且皆无题。而所有的树皆手
手皆六指，向六方
一伸出去，就再也缩不回来

永远走在脚印的前头
路。所有的路。为甚么？
都如此委曲，细瘦而又多歧
且生着双翼。
那倚山而造，以薜荔围绕的小木屋
为甚么老不长高？

明悟，大明悟；孤寂，大孤寂。
谁能透识它的真貌？
不信有你的，只是有你的？
不信冥冥琢就的一段奇
迟迟迟迟又迟迟的瓣香
只为空山独夜的你而开？

自立足处走出

自立足处，只要你能你肯你敢
自立足处走出——
看！好长的天。好长的
天外有山有云有树有鸟有巢，虽然也有
不足为外人道的风雨

总不能白白在自己的白里白死
（谁说白是热中之热色中之色？）
让已到海的到海，成灰的成灰吧！
鸡鸣后，你将惊见每一片草叶尖上
缀满颗颗珊瑚色的露珠如耳语，说：
昨夜我曾来过，且哭过了！

尚须更多更深重的“默许”？
飘然而去一如你飘然而来
当你以左手和我的右手交谈复交握

今年的冬天好冷又好长啊！

细雪之二

不能忍受之轻之细之弱之冷之妍与巧
在我的枕上。夜夜
作回风舞

仙乎仙乎仙乎

几度我以手中之手眼中之眼
缱绻中之缱绻
仰攀复
仰攀

失声而堕
在我的句下
仄仄平平仄仄：伊已溅为六瓣
白桃之血

乙亥四月小满于淡水梦中作

细雪之三

> 美之为美，广大之为广大，
> 皆胚胎于孤寂。
>
> ——Rainer Maria Rilke

是否有意比季节的脚步早半拍?
与寒冷同日生
你，细雪，老天的幺女
小于梅花十三岁的弱妹

永远坚持拒绝长大
十三岁。一生下来就十三岁
而今眼看十三个十万光年都过去了
你，依旧是十三岁

十分怀念没有名字的那一段日子
你说，你本来没有名字
雪这称呼是晋朝一位谢姓才女给叫响的

真不知该谢她还是怪她才好
你说你有洁癖，怕风
又怕热。你很不很不乐意人家把你
撒在空中，像盐；或者，拿你和柳絮
和无所事事混轻尘的柳絮
卷在一起非烟非雾的

未落地便已识得尺短寸长
无言贤于有言的游戏规则——
眉细眼细齿细腰细胃肠细
在屋顶在古塔尖在院子里
在窗外，有香梦沉酣鸟巢的窗外
抱影而舞，翩跹复翩跹
由一个自己到许多许多个自己

早已早已到了甚至过了这极限
该扬弃独身主义的极限
永远的十三岁，不识愁为何物的你
却一味的娇憨，一味的云淡天高山远水活，说
但得半个贴心的寒冷便一生一世了
而你而你早已早已有了

甚么样的蚕结甚么样的茧
吃甚么样的桑叶。毕竟
时间如环无端空间如环无端；毕竟
求未必得，不求未必不得——
知女莫如父的老天夜夜夜夜
自至深至静至甜至黑的井底笑出声来

七月四日

——梭罗湖滨散记二十年后重读二首之一

与美利坚合众国同日生，
我为我的小木屋命名为
七月四日。

自清凉如薄荷的草香里醒来
每天，我以湖水以鱼肚白洗耳洗眼
之后，蹑着林荫道微湿的落叶
归来。在第一线金阳下
曼侬的竖琴声中
吃我自焙的玉米饼。

友爱怎样奢侈地偏向着我啊！
冬季来时。雪花如掌
扑打着我孤峭而高的窗子。
巧有金光闪闪小飞侠似的黄蜂闯入
于四壁间凡所有处垒窝

且雍雍熙熙难兄难弟一般
与我共享一个火炉
一袭褞袍一轮太阳。

受惊若宠。至少有一次，
天开了！在某个琥珀色的傍晚
当我扶着锄头在豆畦间小憩——
一只紫燕和一只白鸽飞来
翩翩，分踞于我的双肩。

黑甜而无缝无边无底的夜！
众目皆瞑。只有豆豆
我的知恩的豆豆醒着
且思量着：如何在我新锄过的
子宫一般香暖的地心深处深深处
经营惨淡而双倍丰美对我的报答；
而在一笑如旧相识的枕上，竟不期
而与仲尼与蘧伯玉与因陀罗与昆湿奴
以神遇……

即使在黑得可以切成一大块一大块的深夜
我依旧能摸索着毫无失误地到家

七月四日是我的小木屋的名字
虽然也是每一只飞鸟每一匹草叶的。

一九九六年十二月三十一日

附注：
曼依(Memnon)远古石雕巨像，刀法精奇，日出则鸣，如笙簧并作。
又：因陀罗与昆湿奴皆波罗门教圣僧，以修苦行著称。

仰望三十三行

又题：两个星期五和一只椅子

不信一室之内有两个星期五？
不信这只椅子
——一直孤悬于我的小木屋之一隅
举头七尺七寸的高处——
是我，以自己为样本
为你，单单只为你而编的？

你说你星期五下午来，
我从星期二一早就开始欢喜。
有两朵孪生的天人菊
开在我眼里。

门不启而自启。
隐约有花气氤氲如白木樨，袅袅
自我亲手为你而编的椅子上散出——
不信？那是星期五，我在听你

而你，星期五在说我呀！
隔着一层薄而透明的蓝玻璃。

语言浮华且最易滋生误解。
惨然一笑，你说：
语言如红杏，一不小心即将为窗外
长耳的松涛、乌鹊、凤尾草与象鼻虫
所窃听
而无端引来南斗与北斗非想非非想的眼睛。
再多一分，便是下弦了！
但得三分五分七分满就好。
赤松鼠已睡醒了，
与梭鱼的机杼声相呼应
潜水鸟已长啸了第七响了。
少少许与多多许二者谁更窈窕？
但得七分五分三分满就好！

明天太阳会不会从星期五的足下升起？
孤悬于我小木屋之一隅的椅子
已自七尺七寸的高处取下
且拂拭了又拂拭再拂拭

林荫道上的落叶是扫不完的！

一九九六年十二月十一日

梭罗湖滨散记重读二首之二

白云三愿 附小序及注

西藏拉萨地区人死后，则由其亲属以刀斧碎其骸骨，置之高台，以饲乌鸢鹰隼之属，名曰天葬。余友许以祺教授，曾亲莅其地摄影以归，并广征题咏。余不敏，勉缀数言，枯槁支离，聊以践诺，塞命而已。

自至亲至爱的人手下，无端
窜入灰鹞或乌鸢的腹中
于是，本不知愁不知惊不知痛的我
遂一身而多身
且不翼而能飞了。

不知我生之初之初
曾几度为乌为鸢？几度
乌鸢而人，人复为乌为鸢

如轮转风发?

如是果如是因如是缘,
然则,自受自作,亦无所用其怨与怒了!

天若有情,念力若不可思议
愿此乌此鸢永不受身为乌为鸢
我亦不复受身为我;
天若有情,念力若不可思议
愿昨死今死后死
永不复闻天葬之名——
唵。悉答多步答腊。悉答多步答腊……

一九九七年七月二十七日

附注:

一.《南华经》:庄子将死,弟子欲厚葬之。庄子曰:吾以天地为棺椁,以日月为连璧,星辰为珠玑,万物为赍送:吾葬具岂不备耶?何以加此!弟子曰:吾恐乌鸢之食夫子也。庄子曰:在上为乌鸢食,在下为蝼蚁食,夺此与彼,何其偏也!

二.民初硕儒马一浮先生,于学无所不窥,尤邃于内典,兼通拉丁等多种语言文字;弘一法师誉为生而知之者。十九岁丧偶,迄于八十五岁谢世,泊然独处。其间,曾有以无后不孝,敦劝其鸾续者,则诗以谢之,有“他日青山埋骨后,白云无尽是儿孙”之句。

三.“悉答多步答腊”为佛顶神咒咒心,意译为“一切究竟坚固”。

垂钓者

之一

是谁？是谁使荷叶
使荇藻与绿萍
频频摇动？

揽十方无边风雨于一钓丝！
执竿不顾。那人
由深林的第一声莺，坐到
落日衔半规。坐到
四十五十六十七十之背与肩
被落花压弯，打湿……

有蜻蜓竖在他的头上
有睡影如僧定在他垂垂的眼皮上

多少个长梦短梦短短梦
都悠悠随长波短波短短波以俱逝——
在芦花浅水之东
醒来时。鱼竿已不见
为受风吹？或为巨鳞衔去？
四顾苍茫，轻烟外
隐隐有星子失足落水声，铿然！

之二

我坐这一头，
我的朋友星期五
坐那一头。

风只管他自己袅袅地吹
月只管他自己溶溶地白
小舟摇摇。不比蚱蜢大的
我自制的小舟摇摇

在水上，在水底的天上。
天有多高，我的小舟就有多高！

满篮泼刺的锦鳞
与满眼苍翠摇曳的湖光孰为多少得失？

抛一个过来人的苦笑
我的朋友星期五说：
美，恒与不尽美同在。不信？
认取这微波，肋骨似的
是抉自那个美少年的
生生世世生生
不忍闻与不须说？

为义德堂主廖辉凤居士

分咏周西麟绘鸭雁图卷

鸭之一

只要比我的肩背比我的喙与蹼
再宽再长一点点一点点
便沧浪万里了！
我对池塘说。

雷声永远比雨点小
由于生来耳背。而且
口吃。刚刚理会得
鸭鸭鸭鸭叫自己的名字

且喜池内有蝌蚪；池外
池外不远处有桃花
三枝，两枝，一枝

一枝已惊喜过于所望了！

芳草年年绿
一绿一切绿。乃至
深灰与浅灰
一影拖字叫新霜之雁背

此外，此外复何求？
纵然有翅，能飞
而高不及一尺。纵然有舌
只能鸭鸭鸭鸭叫自己的名字。

雁之二

人人人人人人

只或双，成行或不成行
在江心，在天末

秋风起时
秋风有多瘦多长
你的背影就有多瘦多长

是你在空中写字，抑
字在空中写你？

人人人人人人
何日是了？除非
（秋在高处高高处自沉吟）
除非水流有西向时。
水流几时西向？
欸！除非你写得人人人人尽时。

一九九八年八月三十日

坚持之必要

——光中词兄七十寿庆

我要坚持到六十才走!
还记否?那是三十年前
一个角黍飘香的傍晚
在川端桥下划船时
你发的豪语——

那时你大约三十八九顶多四十一二,
在红一寸灰一寸的夕照下
扶着双桨,眼神指向无尽远的远方。
我一定要坚持到六十才走!
你说。那眼神
是仁以为己任的眼神
死而后已的眼神
我来我睥睨我征服
亚力山大的眼神

岁月从不欺人，坚持也是。
看！山从天那边，那边的那边
门墙似的向你移来移来移来，
而欲晴则晴，欲雨则雨。
仙人掌在仙人掌上遂妩媚而自足地笑了
不起于坐，而直自己为一缕孤烟
圆自己为与天齐的大漠。

两点之间最短的距离谁说是直线？
由天府成都到厦门街到沙田到西子湾
到郁郁乎从心而不踰矩，这次第
岂一蹴而可识，可及？
此一刹那之我已不同于彼一刹那，
一字吟成，九回肠断
更无论，美之后有大
大之后有圣，圣之后有神
神之后，神之后呢？
要回去是不可能了
你已走得太远！

川端桥上的风仍三十年前一般地吹着，
角黍香依旧，水香依旧

青云衣兮白霓裳
援北斗兮酌桂浆
举长矢兮射天狼
袅袅复袅袅，紫烟碧波深处
诗魂之吟诵声也依旧。

与落霞的紫金色相辉映，
隔岸一影紫蝴蝶
犹逆风贴水而飞，
低低的，低低低低的

戊寅二月初八惊蛰日于淡水

花，总得开一次

——七十自寿兼酬夏宇阿苹及林翠华

一天就是两岁。
百年
比一刹那的三万六千分之一
还短！

顶从来秃面从来皱齿从来豁
自告别脐带、初识涕泪之日起
每过一日
就老一岁。一直老到
老得不能再老的某个夜晚
月正圆。蓦然
心头电光一闪
（隔院的仙丹花也开了）
相视一笑。从此昼与夜便袖着手
稻穗一般地低着头
朝回走：

如水西流，后浪推着前浪
自七十而从心所欲不逾矩
一直流向吾十有五以前以前
坠地的呱呱声从来不断

甚么是我?
扑朔而迷离
一禾
一戈。虽然
禾非我
戈亦非我

不同姓不同命而同梦
或映于春波之绿，或游于广漠之野
蝴蝶在渡船头
在几千年前庄子的枕上
各飞各的

几度濒于绝续的边缘
却又无端为命运
为杨枝之水所滴醒——
且喜且疑且惊

原来一向藏身于颈细腹亦细的瓶底
错认足下有世界名独乐
有佛号自足。一任
风月在瓶外
无边，自圆而自缺。

若路与走与未到同义，
若我不忍读的过去
是由一行行仄韵和拗体吟成。
当知：我生之前
已有之后，更有之后
横亘于之后之后——
蹉跌，毋宁是不可免的！
然则，我将如何端正
端正我的视线；如何
以眼为路路为眼
而将后后与前前照彻？
如果，如果蹉跌是不可免的

丈六金身与一茎草谁大？
若曾有人以十一年的苦寒
将自己

静定为一脉雪山。不信
二十一年胭脂的流水
甚至磨洗不出半只贝壳的耳朵?
纵然你是钝之又钝
而且贪睡

睡终有觉起时
且且，除了觉与觉与觉
更无有谁堪为你的依怙——
世界坐在如来的掌上
如来，劳碌命的如来
泪血滴滴往肚里流的如来
却坐在我的掌上

冬已远，春已回，蛰始惊
一句“太初有道”在腹中
正等着推敲

一九九〇年庚午惊蛰后十日于淡水

附注：

一. 区区于民九农历除日生。跨年即两岁。

二. 耳公陈庭诗兄曾以韵语多首见遗。其一曰：“闲中袖手旧丰神，劫隙流光又几春；好有南华经卷在，软红十丈任扬尘。”

三．“渡船头”靠淡水镇作者寓所十小站。

四．袁琼琼隽语：“宗教喜欢罪人；命运喜欢无能的人。”此十四字，几可为余一生写照。

五．佛十九岁出家，三十成道，前后于雪山潜修，凡十一寒署。

六．我在武昌街明星咖啡屋门口卖书二十一年——四十八年四月一日起，六十九年四月一日止——以愚人始，愚人终，终始皆愚。可谓信而美，善且巧矣！

七．郑愁予句：“满街胭脂的流水可要当心！”

八．有生之伦，皆依地轮而住。地依于水，水依风，风依空，空依觉——觉也者，六凡四圣之所同具！喻如朗朗者月，虽圆缺有殊，光不殊也。

九．董平夫人穆云凤曾语我：“竹子不开花，朝开而夕则槁矣。奇哉！”

七十五岁生日一辑

风从何处来

主说：要有火！
于是天上有霹雳与闪电。

又说：要有水！
于是地上有霜露与冰雪。

然而，从来没听见主说要有风要有风啊
乱云深处，何来照眼一株红杏？

咏蝉

空着肚子
却唱得如此响；
难道，这就是因为
这就是所以么？

从稚夏到深秋
从无到有到非有非非有，
透骨的清凉感啊
这次第，怎一个知字了得！

致某歌者

一字一顿挫一抑扬
一字一抑扬一顿挫
歌声自那人右胁一线天的有无间荡开
魂兮魂兮魂兮
桃花有多水那人就有多水

月已堕，鹊犹绕，露正繁
欲仰攀此一蜘蛛之丝而远逝
魂兮魂兮魂兮
那人已将前路乃至无边颠倒裳衣的夜空
举过了头顶

题未定

在一寸艳一寸血的重重玫瑰之上
再画一重玫瑰，
画到夏日最最后后一瓣时
夜莺遂声声不忍闻了！

不同于玫瑰而同于玫瑰的身世：
在自割的累累伤痛之上再割一次
割到夏日最最后后一寸时
夜莺遂声声不忍闻了。

不信

不信草叶有眼，有耳?

不信？轻轻呼唤一草叶的名字
所有的草叶，所有的
都一时耳痒
且泫然出涕

用去年来过的样子再来一次
身世悠悠，此生已成几度?

为什么不循着原路倒退着回家?
乡心才动，已云山千叠!

草叶呀！不信从来你我只有一个脐带?

所以，睡吧

所以，睡吧，一笑而得其所哉地睡吧！

有花香缀满你走过的崎岖的路
你的路，虽为自己而走
却不为自己而有。虽然
有江河处就有你的波涛
而一颗星的明灭同于你的喜戚

所以，睡吧，一笑而得其所哉地睡吧！

醒来时或劫已千变了！
不为自己而有甚至不为自己而走
天可坠日可冷月可冥
无边的草色将不断绿着湿着你的
更行更远还生的笛子

一九九五年二月十九日

鸡蛋花
——为美宜刘老师写

凤年出生的那女子
一觉醒来，指着自己的肚脐说：
开花！
花就开了。

一时香满无边三千大千世界
众醒皆醉
在云里云外。是谁
是谁的箫声袅袅
引来一行行诗句如雏凤
咳，一行行清于老凤
艳于老凤而又
拗于老凤的？

一九九八年十一月廿二日

咏野姜花 九行二章
——持谢薛幼春

一

受用水边岩下不用一钱买的清旷与闲逸
誓与秋光俱老
永永不受身为女儿

看谁来了？
落落的神情，飘飘的素衣
翕然而合！一时
昨日之我与今日之我

梦中之梦中梦，莫非
石头记第六十六回之又一回？

二

只为一念之激之执之热，
恨遂千古铸了。

剑刃是白的，
血也是。以至痛
为至快。一快永快
一痛更不复痛

一痛更不复痛：
在魂兮归来自圆自缺的水之湄
在夜夜月上时

一九九九年三月十八日

失乳记

——观音山即事二短句

之一

住外双溪时
望里的观音山永远隐在云里雾里
然而，璎珞严身
梵音清远可闻

如履之忘足，鱼之忘水
而今，去我不及一寸的大士
欤！却绝少绝少绝少照见
——眼不见眼

之二

从来没有呼唤过观音山
观音山却慈母似的
一声比一声殷切而深长的
在呼唤我了

然而，我看不见她的脸
我只隐隐约约觉得
她是弓着腰，掩着泪
背对着走向我的

断魂记

——五月十八日桃园大溪竹篙厝访友不遇

魂，断就断吧！

一路行来
七十九岁的我顶着
七十九岁的风雨
在歧路。歧路的尽处
又出现了歧路

请问老丈：桃花几时开？
风雨有眼无眼？
今夜大溪弄波有几只鸭子？

小师父，算是你吉人遇上吉人了！
风是你自己刮起来的。
魂为谁断？不信歧路尽处
就在石桥与竹篱笆

与三棵木瓜树的那边，早有
凄迷摇曳，拳拳如旧相识
擎着小宫灯的萤火虫
在等你。灾星即福星
隔世的另一个你

久矣不识荒驿的月色与拂晓的鸡啼
想及灾星即福星，想及
那多情的风雨，歧路与老丈——
魂为谁断？当我推枕而起
厝外的新竹已一夜而郁郁为笙为筝为筑
为篙，而在两岸桃花与绿波间
一出手，已撑得像三月那样远

八十八年八月四日敲定。距于竹篙厝枕上初得句，已地轮自转六十六度矣。惨笑。

辑　四

远山的呼唤

飞鸟之影，未尝动也。

——惠施

“怪谈”剪影四事

黑发

“自君别后，
这里也发生过许多事情……”

在溶溶着烛影晕黄的木屋中。
蓦然！伊把那张含愁不胜的脸，脉脉
移向那人
刚悍的臂弯。

复回身，
以轻微得不曾搅动丝毫夜之静谧的嘘息，
伊吹熄了灯。

于是“过去”霍地转过脸来
把夜！这缕缕仿佛来自玄古的绝壁早春的

瀑布似的温柔
幽幽，幽幽幽幽地
将那双剑眉
　迟来的忏悔——

覆盖。

本事：
武士井森。家贫无以自存。仰妻十指为活。旋弃而入赘某宦家。妇骄悍。屡施挫辱。至是乃幡然有归志。既抵家。日已昏暮。院中榛莽荒秽。暗内。一灯荧然。逡巡入。女犹当窗坐。泪眼相向。恍如隔世。诘旦推枕。唯骷髅一具。黑发一缕而已。

雪女

霎时伊的脸色由红而白而黄而灰而青而蓝
且紫。
伊的眸子，如此春水般潋滟且眷顾过我的，
而今，闪射着慑人的光辉
阴鸷的光辉
地狱的光辉。火一般冷，雪一般热的
光辉。

风犹未起，
我已凛然触知：当山雨欲来时
那咸湿而冷的腥味。
“你答应过不告诉任何人的！”
一字一切齿！伊说：
“我瞎了眼了！早知今日
悔不当时就——”
更不回顾。也无须打开门栓。
张殭直而惨白的鱼目
看伊，很母亲地

审视了“我们的孩子”最后一瞥，
便翻脸若不相识，悻悻
夺门而出——
遗下风雪。雪外的木屋。屋外的路。
路外的
红而郁苦的双履……

任使抉眦，断舌，焚指，摘发
任使鞭打自己的喜悦一百次，一千次，
一亿次
也永不能：使曾经
成为曾未。

在玫瑰花上酣睡的人，必将
在荆棘丛中痛哭——
原来所谓奇遇
有时候
只是一个滴血的漏斗。

本事：
樵者甲乙二人。负薪夜归。风雪失途。共走避荒野一废屋中。夜半。飙有白衣女自地中出。徐俯身。吹气入乙

鼻中。须臾遂殭。既而向甲。凝睇良久。曰。好头颅可惜。善自爱。慎勿为外人道。某归。卧病累月。旧影前尘。忽忽都忘。三年后某日。于斜阳荒冢外。遇一女子。伶俜独行。叩之。答以父母双亡。将之江户求职云云。因要还家。生子女三。而女容益艳。村里共异之。一夕。灯下小酌。见女梨涡泛赤。星眸映雪。与前废屋所值。不爽毫发。一时喜心飞动。具陈前事。女色变。拂袖竟去。某吞泪。以所织红拖鞋追贻之。已无及矣。

无耳芳一

君不见：盈百累千森郁而怒的人面蟹
叱咤着！
自你风吹海啸、船倾楫摧、玉怨珠沉的
琵琶声中
攒奔而出——

在海底。犹有血的余气氤氲着的水殿之上。
不是鱼龙，非关风涛。
多少濡湿、执拗、矜贵而最难于瞑目的
负创的魂灵，
正于此吞声、危坐、洗心、侧耳
追随你的十指，如渴猊
扑向一阕不知是泪是酒是火的泉池。

难就难在：凡有声处
（不！凡无声处）
总有耸然凝立的耳朵——
当桎梏而暂得脱解的听觉已习惯于
那震撼，那跌宕而忧伤的温暖；

当银甲武士面色如灰，夜夜
衔命而来……
温婉而盲目。你，可怜的芳一！便摇曳着
投入一丛风雨，一卷苦剧。

善巧之护持，即使面面俱圆
仍无所逃于百密之一疏——
可怜的老衲！不识心生种种法生
心灭种种法灭；
不识墨香，即使从自在悲愿中流出
遮得了眼，遮不住看
看在，斯眼在。正如
听之于声，声之于耳。

为琵琶而生，而瘦，而自损自苦
愚中之最愚，抑慧中之至慧？
当凄肺肝而裂金石的神技一无补于
生之恻恻与死之寂寂。芳一啊
睡罢！睡罢！此其时。人天正昏。知么知
世界无尽。寂寞无尽。泪，无尽。

本事：

日幕府平源二氏争权。战于海上。平氏败绩。举家坠海死。精魂不昧。恒摄沙弥芳一者。为奏琵琶。歌海战旧事。藉抒幽愤。一韶秀。婉柔。与人无所忤。自受冥召。宵衣旰食。不遑宁息。主持僧忧之。密以般若波罗密多。书芳一胸腹肩背头面几遍。唯余双耳。夜半。使至。不见芳一。虚堂内。唯双耳赫然悬焉。遂刃之以去。自是不复至。一既撄斯难。性愈和。艺愈精而名愈著。冠盖之家。以重资。求一聆耳福著。不绝于路。一泊然无喜。悉以所入归之寺中。

碗中武士

怎么也抖不脱那恐怖
那似怒非怒、非笑似笑的威胁——
那从那日，我一口吞下
那人的面影
自海一般深沉的碗中。

此生或彼生，此世界或彼世界
脚印永远跟着脚走。
而踏下的，无论重轻深浅
都必有其回响。

多想再捞回并烘干已灭顶的自己！
但，只有“也许”知道。除非，除非我能
把已染污的剑锋磨缺
把已吞没的腥羶呕出——
饶是这样。叫江水往西流有多难
它就有多难。

“我等乃为主人索命而来！”
按剑。环立。在晨光熹微的前阶，

那人！又是那人
——面影已葬我腹，而背影
又仆于昨夜石壁中的——
何以于再死之后
竟再生而面目各同为九？

隐隐有笑声如夜枭
生自我的胸臆——
当我剑落手起
九颗人头犹如九颗狡黠的玩偶
滚摇。蹴跳。飞掷。相逐复相噬
且各张其似怒非怒、非笑似笑的怪眼
像碗。而一一碗中有一一我咆哮着：
“吞下我！吞下你自己！”

在愈斩愈多还出的最末。颓然
我仰见一角沉沉欲下的，眼样的天
以戟矛为睫。

本事：
有幕府武士开山者。一日剑余。举水欲饮。见中有武士面影。向己目注不移。非怒非喜。恶之。遽吞而饮焉。及夜。昼所见影又现身壁中。猝起击之。立仆。越旦。有三少年求见。讶其与前二者神貌之酷似。心寒胆裂。力战不敌。哭笑而死。

野菊之墓

——日影片扫描二首之一

从此，凡有爱处
便有龙胆与野菊。

从此野菊便永远
在霜中开——
不同的心境，不同的颜色
一般的坚忍与固执。

从此龙胆便永远是紫色
绝望的紫，切齿的紫
凄惨的，无言的嘴
的紫

从此凡有爱处
便有船，有岸，有伞
复有雨。且无论其为
昨日，今日，明日

红雨，黑雨，白雨
全一样——
伞遮不住雨。即使是
铁铸的
天样大的伞

不敢言，不敢怒，不敢死甚至不敢悲
十七岁
由野菊仍转世为野菊
祸根的十七岁
比一挥手，一声欸乃还短
这距离，夕阳与黄昏
不祥与美的距离

要来的总是要来的。
试向石砌，人砌
也是天砌的箭头问路吧！
你听见不？那响自处处处处
一声比一声幽愁的独语，说：
凡有爱处，便有龙胆与野菊
而紫色恒紫，霜恒冷、恒白……

一九八三年十二月十一日

本事：

中学生武志，年十五，与姨母之女民子相爱悦。惟女年长于武志二岁，格于世俗谬见，乃不得不吞声饮恨，改适他人。未几，女以流产死，而目不瞑，掌中尚握有武志所贻之情书及龙胆花残瓣。盖武志常赞女为野菊转世，而民子亦曾指武志为龙胆投胎云云。

远山的呼唤
——日影片扫描二首之二

莫非真如眉下宿着咸湿的风暴
沧海过的老渔人说的：
深喜！九九尾在
殷忧之后？

趺坐在铁窗的阴影下
听北海道的潮汐
与富士山的风雪
想着，想着伊的眸子
专注，而微带忧戚的眸子
以及，像寒雀
在晨光熹微中
跳掷明灭的语声

龙虾是红的
酒也是

还有更红更红的是
小弟弟的苹果脸，尤其
蛰了小半辈子眼前忽然一亮
女主人的心的隐恻

比古井之水更枯寂的深夜
谁在这般时候
草木皆兵的叩窗?
风雨及时地来到
迷乱与惊喜
狼狈的亡命客与初生的小牛犊
也及时地来到
于是，于是那山与我
那缥缈的呼唤与我
遂成为艰难的了

天意怜悯罪人
不为杀人而杀人的罪人
知恩报恩的罪人
所有的路，所有的花和柳
都伸出手来
向绝处，悬丝一般牵肠的

绝处

你说你周五下午来
我从周一上午就开始快乐
其实无时无刻我不是快乐的
自从我有幸认识了镣铐
认识了它的温香、圣神与固执

十二年。长于永生永世而短于
临去秋波那一转的十二年，
但愿日子过得愈慢愈慢愈好！

今夜铁窗外会不会有青草的脚步声
带我悠悠入梦？
后天就是星期五
不晓得这次会不会带小弟弟一起来
愿天赐福给伊母子——
如果寂寞能生烟
山，也应识得泪的真诠
虽然山的泪很硬
它是沉沉，背着夕阳与天涯流的

本事：

男主角某（忘其名）因过失杀人。仓皇走他乡。夜叩一孀妇之门。妇惊起省视。窗外雨急如绳。乃止之宿于牛舍中。翌晨。愿寄身为佣工。三餐一倒外。不索直。自是出入作息。胼胝甚勤。余时惟闭门坚坐。兀兀默默。状若槁木。一夕。大风雪。妇置酒内室。邀共围炉。并促热浴。竟固辞不入。明日。复自请解雇。妇五情摇惑。渺不解其所由。俄而刑警猝至。始如梦觉。厥后。每周三或五。必携幼子一往狱中问寒温。室远人迩。十二年如旦暮焉。

读K先生摄影有所思二题

凝视

直刺向我的要害
那一瞥
匕首一般专注而温柔
自九万光年以前
猝不及防的
我的背后

依旧　且愈洗愈新愈冷而愈亮
那一瞥
战栗于千寻难再得的悬崖
举足
便成沧海

终于不能抗拒

那珊瑚礁的香味　藻荇以及
新寡的鱼龙的香味

犹十分真切地记得
那夜　月全蚀
而隔日之次日之又次日
太阳　金镮蚀

盛夏

蟋蟀蟋蟀蟋蟀……
——天气真热！
你听见不？那是
　我的热
被我的热所追逼
一路
落荒而逃的喘息

一直逃到眼见得最后一片树叶
都烧焦了的所在
我的热乃发一声喊：
那是雪！是自有玫瑰以来
　最本色
而不畏人说的一段夏日
无刺的

一九八八年八月十一日

附录

笔述赵惠谟师教言二则

（代后记）

一曰：

新体诗易学而难工。阁下既然不幸揽上了这一行，将错就错，索性孤注一掷，鞠躬尽瘁死而后已地搅下去……

世或有无果之因，断无无因之果。

冷板凳不白坐。老天爷有一千只眼睛，至少有一只是睁着的！

再曰：

之外，很冒昧地问一句：阁下历年来在联合报发表过的，如“好雪，片片不落别处”等等加起来，可有百首或五十首?

是谁说的？人生就像拿水桶到井里打水，只有桶掉在井里，没有井掉在桶里。

听我的劝！趁着眼前，趁着眼前这口气还在，赶紧印一本，不必夸说为社会国家，至少为自己，为至亲好友，为已过世的祖先，多少留一点点足资纪念的东西。纵然遭时乱离，天涯沦落，也算不虚此生了。

公元二〇〇二年愚人节之又又次日，

梦蝶于新店五峰山下时年八十有二。

周梦蝶
——时间在身上做着梦

曾进丰

经常在冥想，偶尔会入定，时间仿佛定格般地在周梦蝶身上做着甜蜜的梦。当有人问起近况，他不急不徐地答道：

> 甚矣甚矣吾衰矣吾衰矣。眼见得
> 字越写越小越草
> 诗越写越浅，信越写越短
> 酒虽饮而不知其味

无夕不梦。梦里不是风便是雨
却从不曾出现过蝴蝶

且喜四月已至。四月
孟夏的四月是我的季节
听！这笛箫。一号四号八号十三号
愚人节儿童节浴佛节泼水节。(《四月》)

耄耋诗人高龄九十，感叹字小诗浅信短不识酒滋味，夜里多梦多风雨回忆，难得的是不再有蝴蝶扰人的“春梦”，此为一喜；再喜天宽地阔，岁月静好，四月四个节庆，皆属于我，不啻是愚者钝者之多福。自嘲复自宽自解，这就是洛冰笔下的天真赤子——那老头——在人间，好似清莲浮植水中央；在天上，宛如一袭温柔的月光。

周梦蝶为一遗腹子（生前四月，父亲过世），自小孤苦伶仃，长大后历经颠沛流离，早年丧母，中年丧妻，老年丧子，是一典型性的悲剧人物。一九四八年随青年军来台，一九五五年从军中退役，大半辈子萍飘蓬飞，辗转迁徙于台北县市。一开始赁屋三重，鬻书为生，成为无照的流动摊贩，还曾因此被关拘留所一夜。一九五九年四月一日始取得营业许可证，于武昌街明星咖啡屋骑楼下摆设书报摊，同时正式开启“明星之约”，直到一九八〇年因病住院开刀，暂停营业。出院后，栖隐内湖，两年后迁往外双溪，一九八六年七月移居永和，隔年搬到新店，九个月后，住进淡水外竿。

一九九三年起蜗居红毛城附近一小楼，楼小不及三坪，唯东窗去淡专（今之真理大学）校园不数尺；西窗面海，耳目所曆，頗饒风帆沙鸟，烟云竹树之胜。一九九八年七月，行脚止于新店五峰山下，安居“浪漫贵族”。周公生活一向规律，力行“四早四不”主义（早睡、早起、早出、早归；不久读、不苦学、不高谈及豪饮），非不得已绝不“破戒”。大部分时间，一个人读书、写字、静坐、写诗，偶而搭公车进城约会，或与老友聚首谈谎，像极了悠闲的云、自在的鹤。

“明星”骑楼下的书报摊，是一九五〇、六〇年代文人的共同记忆。周梦蝶的摊位专售现代文学、佛学书籍，常见鲁迅、巴金等大陆作家禁书，于是诗人被昵称作“地下文学院院长”。檐下诗僧坐对红尘莺燕，目迎熙攘男女，以二十一年又二十五天的嫣脂流水，将自己静定为一脉雪山，在孤独国里编织现代都会的一页传奇。咖啡屋一度吹起熄灯号（一九八九年十二月），固定每周三的“明星之约”因而被迫中止，两年后，才于长沙街“百福奶品”再续前缘——下午六时前，诗人必翩然莅止，风雨无阻。有人来访，无分生熟长幼，或答或问，娓娓不倦；无则端坐读书而已。长达十年之久的“百福之约”，至二〇〇〇年二月划下句点。此后，歇业十五年的明星，在二〇〇〇年七月重新点灯开张，熟悉的浓醇咖啡及文学沙龙的怀旧味道，再度飘荡弥漫，诗人则依然宁静地端坐角落一隅。冷眼凝视时代社会的种种炫奇，没有惊怖起伏，二十一世纪的科技文明，似乎与他了不相涉，他几乎颠覆了文明的价值，却也孤起苍翠的文学风景，使得台北文化地标更形耸峙。

周梦蝶深具植物性格，认定“一次就是永远”，每个“现在”都是永恒。相信娑婆世界、芸芸众生，任何一个人、一件事的发生，都有其因缘，而生命中的每一次因缘交会，都值得珍惜。因此，凡有人邀约见面，对他来说就属“大事”，一定早早到达约会地点。如果是文友来访，只要先前敲定时间，他总是梳洗盛装，端坐以待之，甚而有时还会伫立在六楼电梯口迎接，然后若无其事地领你入屋，访客浑不知诗人已等待多久。周公服膺“万物齐一”观点，主强长短寿殇、高低大小皆平等，生物与非生物也没有差别，因此，不仅颂美萤火、赞诵蜗牛、歌咏麻雀、以刺猬为师；即便是落日弦月、清风流云、冰雪落叶，在他眼里莫非有情有觉。以致于与桥墩的约会，也痴想要“先他一步”到达。

至情至性的梦蝶，简直是宝玉转世、曼殊再来；其不忮不负不争竞的操守、慈蔼温馨的言说，赢得八方礼赞与迎拥——众多兰心蕙性幽间贞静女子与之冰火交会、精神密约，《闷葫芦居尺牍》及《风耳楼小牍》，正是满天花雨之印记。他自比为“怯生生的蝴蝶”，谦称“没有重量，不占面积”，但握掌力道颇为惊人，凡有过“一握”的都将毕生难忘，遑论一握再握者。女诗人淡莹曾自述其经验：“那么嶙峋瘦癯的手／握起来竟有一股内劲／震得我蕴藏了十六载的／牵褂，全部倾吐出来”（《从握掌想起》）。教人百思不解的是，“扶上雕鞍马不知”的周公，何来如此震撼手劲？

多情如周梦蝶，地心引力既无法摆脱，孤独寂寞复根生天性，唯有藉着写作释放自己、排遣孤寂。世界原自不甘寂寞来，诗人说：“我是沙漠与骆驼的化身”，承受无极远无极高的寂寞，要在浩瀚无垠的时空中，奋力地以枯笔澹墨负载世界重量，光璨熠辉悲苦人间，并且坚信，终有一天，可以“照见永恒，照见隐在永恒背后我的名姓”（《行者日记》）。安贫乐道、澹泊自持的周梦蝶，礼佛习禅将近一甲子，早已切断尘缘、拔脱苦海，实际上却胸中丘壑、波涛翻腾，只因“利生念切，报恩意重”，怜惜悲悯着世上聚生，选择“最后一人成究竟觉”。藕断丝连，无法全然放下，所以矛盾挣扎，因为矛盾，所以更显真实，梦蝶即是一位如此真实无暇之人。

负雪孤峰
——漫谈周梦蝶的诗

曾进丰

不许论诗，不许谈禅
更不敢说愁说病，道德仁义
怕山灵笑人。

——周梦蝶《落樱后·游阳明山》

周梦蝶总是浓缩再浓缩，低调又低调，似乎非常超现实，却又何其真实。谈论其诗，推敲禅境意趣，极易坠入痴人解梦迷障，再有浪漫情事、传奇色彩层层帷幕，只怕入而难出；然而，即便“先知”笑人，也是似雪纯净，如月温柔。

（一）

具植物性格的周梦蝶，怀抱极深的寂寞感。以生命为诗，弥合现实缺憾，惨淡经营，字悲语寒。二十世纪五十年代崛起台湾文坛，写下一页传奇；六七十年代“梦蝶热”现象，构成事件。一九五三年于《青年战士报》发表第一首诗《皈依》，到二〇〇九年《无题》封笔，诗龄逾半世纪，诗作超过三百篇，有诗集《孤独国》《还魂草》《十三朵白菊花》《约会》《有一种鸟或人》及《风耳楼逸稿》。

周梦蝶借着哲人似的苦思冥想，撑持诗人的百般孤独，在入世和出世之间徘徊，有遗世独立的“孤高”情怀，也有悲天悯人的宗教意识，既渴求离群，又热情介入。生活闲逸自在似野鹤，生命则不免纠葛缠裹，花魂蝶影，血泪不尽。时时有浪漫的需要，却又不断地以理性压伏，结穴于诗中，既充满承担负荷之疲惫，复弥漫澄清超脱之清凉。近一甲子诗生命，关注层面包括温暖授受、思亲慕远，或参与造化、物我两忘，或原罪与宿命，禅悟和出世，唯皆不曾须臾逸离“人间”。细析主题内容，可分爱情的沧桑、灵肉的矛盾、生命的关照、遥远的思慕、刹那与永恒、禅意与悟境等六类。近二十首《无题》及《孤独国》《还魂草》，堪为情诗代表，以至于《约会》里的《约翰走路》，如同王尔德诗剧《莎乐美》之取材《新约·马太福音》，慨叹施洗者约翰因苦谏触王怒，遭系囹圄，又峻拒王女莎乐美合卺之遥，王女负愧抱恨，欲得约翰人头始慊其心。第二节诗行至哭至悲：

以苦艾与酸枣之血酿成
不饮亦醉一滴一卮一瓢亦醉
不信？世界乃一酒海
在海心。有几重的时空
就有几重酩酊的倒影

求之不得必欲其死，毁灭性爱情，等同生命大灾难。至于尘里尘外冷热交战、圣凡灵肉拉锯挣扎，或思亲念土、乡愁郁结，或凝驻丰实瞬间、照见永恒生命，或通透禅意、流泄禅趣者，又弥漫扩散于字里行间。然则，梦蝶企慕幽远，频生出尘之想，诗意地栖居市廛，实得陶、谢以至唐宋隐逸诗人之一瓣心香；以及探人性幽微，究生命潜流底蕴，直面死亡，进而从容超越，允为最大特色。

“我唯一的向往和追寻是死。它比我坚强得多，我爱它!”(《我打今天走过》)周梦蝶援引徐志摩日记，并仿其句式口吻如是说。深度深思死亡，不断地与之周旋、对话，了解宇宙唯一确定无疑的东西，只有死亡。进而赋予死亡幻美想象，建构死后理想世界，同时，通过艺术拯救途径，以诗之不朽，创造生命的圆满。

周梦蝶面对生死大事，好整以暇地说道：“我喜欢慢。我要张着眼睛，看它一分一寸一点一滴地逼近我，将我淹没……”(《致史安妮》)诗人眼里，死亡可触可亲可感，可以为我“斟酒”、在我“掌上炫舞”，可以“搂着”它，甚而有奔赴密约，与之相煦相濡，至于忘死的冲动(《死亡的邂逅》)。二十世纪六十年代以前，深受存在主义影响，思索空虚、存在意义，人生悲苦色泽浓郁，又常将爱与死连接，《十月》《回音》《关着的夜》《咏野姜花》《囚》等，悼念情逝人杳，穿透阴阳，上穷碧落下入黄泉;《重有感》一缕香魂，象征千古善女子的永生不灭。

“刹那生灭，去不复返”，时间的尽头即是死亡。周梦蝶具强烈的时间意识，自创作伊始，即展开永无止境的追寻。《孤独国》《还魂草》时期，诗人一再追踪“这个专以盗梦为活的神窃”（《十月》），直到二十一世纪，犹不免慨叹：

几人修到时间？
月可热日可冷，无量百千万劫
犹童！（《试为俳句六贴》之四）

二〇〇三年发表《静夜闻落叶声有所思十则——咏时间》，以近百行的组诗，深情逼视，展开对话。或掘发时间本质，记录生命的苍翠与凄迷；或体悟人生终究苦空，悲悯感慨，呼求早日解脱苦难。之九，写述百千万亿年来不变的爱情：“世界原自不甘寂寞来，有一款芳名卷施的细草，尚根拔而心不死……”毁伤的剧情重复上演，诸神也只能默默。之十，如尊者开示，寒岩下，花开水流，无边的清旷与闲逸，唯无欲无求、与时间同修俱老者享之，至于无量劫来的输赢结果？真如“垂垂入定的尊者说：老衲连看也懒！”花不着身，纤尘不染，方得真解脱。

周梦蝶认为生有人间之苦，死则能彻底放下，想象在墓穴里：

> 绝绝没有谁会对谁记恨
> 绝绝没有——谁，居然
> 一边举酒，一边亲额，一边
> 出其不意以袖箭，以三色堇
> 滴向对方的眼皮（《在墓穴里》）

死后世界（墓穴里）不再有恨、有竞争，只有真心相待、寂静和谐，肉体和精神获得双重自由，近于《庄子·至乐》中髑髅申说的南面王乐，几乎成了另类“孤独国”。周梦蝶以因缘生灭观照生死，体悟成、住、坏、空周而复始，轮回永无止境。循此思维看待死亡、表现死亡，证悟“冷冷之初”也是“冷冷之终”，去来之间无始无终，从容且无负无憾。

（二）

二十世纪五六十年代，周梦蝶自孤绝出发，拒绝生命的浓黑，同时开启了温暖的想象；一九六二年起，虔心礼佛习禅，以街头为道场，摆荡于圣凡、情智两端，矛盾挣扎而难遣的悲情，一一凝铸于《孤独国》《还魂草》和《风耳楼逸稿》。《十三朵菊花》汇辑七十至九十年代作品，诗人从边陲走进“里面”，寝食人间烟火，感受参差因缘，活泼演绎佛法禅意;《约会》收录九十年代以迄世纪末所作，欣然交接宇宙万象，时生蒙庄化蝶之乐；新世纪作品集《有一种鸟或人》，戏谑挥洒，流露率真诙谐与从容自得的趣味。周梦蝶糅合古今事典、东西方宗教，通变生新，不论是时间、生死的观照想象，或是情、欲的转换变貌，以及与宗教的接轨分合，笔触冷静内敛，诗意典丽深邃，呈现悲情中寓温情，写实中具非写实之风姿。微观其进程或有承有转，整体则见其内在秩序之生长。

《孤独国》时期的周梦蝶，刻意隔绝外界风景，瑟缩于边陲角落，终日读书冥想，冷肃探看身里身外。多以直叙手法书写内在生命经验，《川端桥夜坐》《孤独国》《寂寞》《石头人语》《北极星》《司阍者》《独语》《晚安，刹那》《上了锁的一夜》等等，深情入于物而悲己悲天。内容不够开阔，语言倾向概念化，诗境确以“宁静”为特色。

首先，探勘生命并感受爱情的魅惑与不可思议。世间冷暖万端皆肇因于情，人则因妄想执着而陷溺苦境，往往泪尽血流尚不能跳离，《默契》《索》《畸恋》及诸多《无题》诗，印证它是“一切无可奈何中最无可奈何的”。其次，悼念时间的流转迁逝，寂寞如影随形，而生入世苦行与亘古负重之慈悲，如《让》《在路上》《现在》《冬至》《乌鸦》《行者日记》等。再次，紧紧偎抱孤独，审顾世间荣枯，并想象自足天地，挖掘“此在”意义。《孤独国》在时间之外，只有一个圆满的现在：

过去伫足不去，未来不来

我是“现在”的臣仆，也是帝皇。

置身静止的瞬间里，直接与上帝交流对话，于此神秘经验中，解悟永恒。五十年代的诗人毕竟孤独却不是缺憾，在孤寂淹没中，在落雪寒冬里，他编织着春天的梦（《冬天里的春天》），宁静地垂钓独乐帝国。

现实生活中，渴欲解消困顿、逃脱俗缘的周梦蝶，却又多情地手指红尘、涉足人间。《还魂草》情感辐射多方：写世间万般情、智、欲，剖幽邃人性，以及借助宗教逃脱迷惑缠陷、丧灭情意的斑斑历程。意象繁复多变，佛禅典故运用益趋稔熟，语言则出入古今新旧，简净洗练。叶嘉莹《雪中取火且铸火为雪》之序言，洵为不刊卓评，且在融通禅境与诗境上，提供了诠解之津筏。

《红与黑》一辑，全以“月份”为题，或抒理念、向往，或写寂寥、鬼魅，彷徨于情、理、定、乱之间，不知何去何从。如《二月》写缠绵宿缘，《七月》流露“隐逸”心态，《六月》《六月之外》等作，有灵的冲突、欲的诱惑与可买办的爱情，《十三号》乃死灵魂之独白。《焚麝十九首》一辑，诗人在醒觉到孤注一掷而义无反顾对待的，竟是错觉、幻觉纵横交错的浪漫，试图埋葬诸多柏拉图式的故事，愿一切从来不曾发生。《囚》哀此生已休，更待来世，抒发一股弥天漫地而令人骨折心惊的悲情，将一己悲痛提升到比附日月，将小我伤逝化作永恒同情，超越时空幽冥，延伸出旷古以来生死悬隔的渺然与创痛，痴绝亦复悲绝。《七指》一辑，旨在对人性此一无限的矿场，做多方面可能的探测和掘发，进而抽绎出几项“或然”“必然”和“超然”的纲目。《菩提树下》《山》《行到水穷处》，分别照应大指、中指、小指；《豹》诗，既象征情欲，同时暗示诗人的自我逃避。

《还魂草》中还有不少诗篇进行对禅思的捕捉与宣

示，渴望借此得到抚慰，得到一份支持与解脱，如《摆渡船上》精微妙谛似禅偈;《闻钟》《还魂草》《托钵者》《燃灯人》《孤峰顶上》等，听闻钟声尘虑皆忘，趺坐菩提树下欣喜悟识；由托钵、摆渡到合筏登岸，挺立孤峰之巅，与自然交感，终而托化为灯，燃亮千千万万：

没有惊怖，也没有颠倒
一番花谢又是一番花开。
想六十年后你自孤峰顶上坐起
看峰之下，之上之前之左右
簇拥着一片灯海——每盏灯里有你。
（《孤峰顶上》）

历波澜而趋平静，这种欣喜、孤危，颠扑不破，真实无瑕。

诗人抱持着“服役于痛苦”的勇气，转化入世沉哀，征服生命悲苦，要“将事实之必不可能者，点化为想象中之可能”(《致张信生》)，诗乃成为诗人理想隐喻。周梦蝶诗中诸多温柔情事，悠然之境，殆为想象的扩张、苦闷的变形与现实的突破。艺术手法上，大量汲取西方文学养分，已展现跨越传统、拨奏现代的不凡能力。

周梦蝶人瘦、语瘦，境亦瘦，一向予人“思致清苦”的印象，此尤以《还魂草》时期最为典型。《十三朵白菊花》延续冷凝色调，唯在取材及表现上，渐趋轻松、生活化。八十年代的周梦蝶，体认到人离不开人，真正走入世间，又能渐次脱却其中，言禅思、谈哲理不再蹙眉愁容。

周梦蝶不喜抛头露面，更别说与世俗周旋了，却在胭脂涨腻、莺燕飞舞的台北都会，蜗居了大半辈子。他深知感情的十字架太重，既背不动也不愿成为别人的十字架，乃“以佛咒掩耳，枕流而卧”，借助梵唱和山水清音断离喧嚣、荡涤浊秽，甚而:“霜杀后倒垂的橘柚似的，坚持着：不再开花”(《无题》)，独身或兼身，荒凉的自由与温馨的不自由，诗人做了明智的抉择。

周梦蝶偏爱充满意外、诡谲、不可预知的数字“十三”，象征美丽与哀愁，成仙成灰皆可，诗题有《十三月》《吹剑录十三则》和《十三朵白菊花》。主题诗始于萧萧的诀别，终于感爱大化、生命的赐予，充分体现佛家轮回观。诗人演绎佛法哲理，渐褪去凝滞板重，如《灵山印象》解悟“拈花微笑”，重在以心传心、灵犀交通;《空杯》衍释无我无别、苦空无常之说;《好雪!片片不落别处》一诗，自酝酿以迄完成历数十寒暑。作为“一切从此法界流，一切流入此法界”(《华严经》)之脚注，分六节计三十三行。造语纯净，意境透彻玲珑。摘录末节诗行：

“风不识字，摧花折木。”
春色是关不住的——
听!万岭上有松
松上是惊涛；看!是处是草
草上有远古哭过也笑过的雨痕

穷究宇宙终始，万象本自清净，纤尘不立；万法无中生有，复返归于无形——且听那松涛漾漾，看那草色青青，春色妙不可言。

此外,《九宫鸟的早晨》兴会淋漓，鸟儿婉转嘹亮地一叫,“于是，世界就全在这里了”;《老妇人与早梅》车上偶遇一老妇，姿容恬静，额端刺青做新月样，手捧红梅一段，竟驰想其十六七岁模样，惊呼“春色无所不在”。又有咏物移情者，如《于桂林街购得大衣一领重五公斤》，迭生似曾相识之感，“乃鱼水一般地相煦相忘起来”;《蓝蝴蝶》的自觉自足;《疤——咏竹》的感激感动;《两个红胸鸟》是久违的一渔一樵，寒暄晴雨桑麻："赏心岂在多，一个说：拈得一茎野菊，所有的秋色都全在这里了。"一切皆缘于不期而遇。此一时期诗作，氤氲幽静气息，散发出菊花般的淡雅冷香。

周梦蝶隐逸思想，栽植于《孤独国》，滋长于《七月》，追随绝欲遗世、自觉独善者流，以及遨游大化的庄周、回归自然的梭罗。约莫同时的《九月》，要"访问南山"，啜饮"浓浓冷香"，与风月共赏，直到忧愁们终年相视而笑：

当岁之余，当日之余，当晴之余
便伴着一身轻，到山海经里
无弦琴边……和大化，或自己密谈去
有时也向迟归的云问桃花源的消息
而昏鸦聒噪着，投入暝暝的深林里了

点染一幅躬耕山林、俯仰自得的图画，俨然现代版《归园田居》。结尾二句，脱胎于"君问穷通理，渔歌人浦深"（王维《酬张少府》），正是"此中有真意，欲辩已忘言"之境。

《约会》时期发表的《七月四日》，则是一篇归隐

"宣言"。从孤独国而小木屋而陶隐居眼底，二十世纪九十年代重回小木屋，好似根性的召唤，如溯洄归返的旅程。小木屋是黄蜂、飞燕、白鸽、草叶等旧相识与我共同拥有，"我"每天自清凉的薄荷草香里醒来，以湖水以鱼肚白洗耳洗眼：

> 受惊若宠。至少有一次：
> 天开了！在某个琥珀色的傍晚
> 当我扶着锄头在豆畦间小憩——
> 一只紫燕和一只白鸽飞来
> 翩翩，分踞于我的双肩。

小木屋命名《七月四日》，当为《独立自由》国度之转喻。这里没有纠纷，充满着友爱与神遇，万物各得其所，物我亲密交融。周梦蝶静心心空，处处可归可隐，淡水风耳楼、新店浪漫贵族，都是他的"小木屋"（小木屋第三度出现在《仰望三十三行》），都可命名为《七月四日》。

以旷达心胸，欣然迎纳客观自然，则空中白云、林间飞鸟，春花秋月、劲竹淡菊，莫非有情之物，则"人我物在一体同仁的状态中徜徉自得"（朱光潜《诗沦》），周梦蝶与之相惜相守，因此，咏物写景诗或了大宗：观瀑、听泉，咏雀、赞蜗牛、颂飞鸟、惜落日、赋弦月，咏竹、咏早梅，写昙花、荆棘花、牵牛花、野姜花……莫不触目成趣。例如欣赏落日晚霞：“由柘红而樱红而枣红酱红铁红灰红，落日的背影向西，终于，销魂为一抹，九死其未悔的，胭脂……”惊艳于幻变色彩之余，且寄寓情思和理趣：“如是如是。曾经在这儿坐过的，这儿便成为永远——”（《淡水河侧的落日》）。《咏雀五帖》一如庄子与惠子濠上之辩，麻雀拥有《小自在的天下》，抱憾“唯美而诗意的最后一笔”，恐怕“那芳烈，那不足为外人道的彻骨”，只有麻雀本身最清楚。再者，诗人寂然凝虑，经常神游物外，联翩浮想。乍见白鹭鸶意态闲远，顾盼自若地伫立水牛背上，水牛浑若不知觉，默默吃草，遂痴想为文殊、普贤二大士游戏人间，现身说法（《四行》）。又如偶获一方竹枕，只因枕上有蝴蝶图案，制作者且巧与影歌双栖女星松田圣子同名，自此耳存目想，心生无限悦乐（《竹枕》）。

周梦蝶看似孤清冷寂的生命，实则无比热闹缤纷，不仅有生物的积极参与，即使是落叶冰雪、暖风寒月或流水硬石，也都有情有觉。所以，每日傍晚可以与永远“先我一步到达”的桥墩促膝密谈，总是从“泉从几时冷起，峰从何处飞来”聊起，直到“如篆的寒炊”袅袅生起。清音难得，彼此会心不远，竟而飙愿:“至少至少也要先他一步，到达，约会的地点”(《约会》)，诚然痴愚可爱。再如访友途中彷徨歧路，却能不疑不慌，洒脱以待:“魂，断就断吧”(《断魂记》)，竟而翻觉风雨多情，歧路的尽头或有旧相识、再来人，以至于苦难风雨反而是成全的恩泽，所有的失落与茫然，当下即予放下。

诗人怀抱萧条淡泊、闲和严静的心襟气象，才能臻于“事外远致”之境，此所以渊明“悠然见南山”，李白与敬亭山“相看两不厌”，辛弃疾坐对青山，妩媚凝视，而周梦蝶频频约会桥墩，和风雨彼此鉴赏，与麻雀印成知己。质言之，梦蝶深情观照人生，独特之解会汩汩泉涌，既是生活形态，也是一种艺术境界。

新世纪以降，周梦蝶有如古刹老僧，云淡风清，唯独诗心不枯不竭，偶一出手，总是“风骚啊!一波比一波高”(《泼墨——步南斯拉夫女作者simon simonovic韵》)。《有一种鸟或人》多拟、仿、戏拟、试为之篇，也有《李白与狗》《有一种鸟或人》《沙发椅子——戏答拐仙高子飞兄问诸法皆空》之题，将“李白和狗”“鸟和人”并置，绝妙的是以“沙发椅子”诠解“诸法皆空”。将“沙发”一词拆解，喻指“沙”是沙非沙，众缘聚散离合，一“发”而不可收拾，一切唯心造，一旦起心动念便千丝万缕。亚历山大武功彪炳，碧姬·芭铎以美取胜，穆罕默德德行智慧超然，三人或有高低浅深之别，终归于法、空和“沙发椅子”。妩媚不妩媚，英雄或凡夫，在“以无量恒河沙数恒沙之沙之名为名”的浩瀚宇宙之中，都只是“一个时空”的“一个名字”而已。似乎信手拈来、脱口而出，素心之语却直指佛法“真空妙有”之义谛。

《偶而》一诗，喃喃反复“生活中不能没有偶而”，唯种种“偶而”（可能的“意外”），或叫人喜出望外，或令人无福消受，正反辩证，趣味于焉产生。周梦蝶总认为自己是“愚人”“罪人”“无能的人”，常说自己毫不起眼如一只毛毛虫、一闪萤火，甚至为“人形之鸠”，占据鹊巢穷下蛋（《有一种鸟或人》）。当有人问起近况，他回答说：

> 甚矣甚矣吾衰矣吾衰矣。眼见得
> 字越写越小越草
> 诗越写越浅，信越写越短
> 酒虽饮而不知其味
> 无夕不梦。梦里不是雨便是风

却从不曾出现过蝴蝶
且喜四月已至。四月
孟夏的四月是我的季节
听！这笛箫。一号四号八号十三号
愚人节儿童节浴佛节泼水节。(《四月》)

鹤算龟龄的诗人尚且不减赤子童心，私订四月一日为“孤独国”开国纪念日，也是“重生”之日，幽默自嘲，自宽自足。周梦蝶率真性情还表现在“饮酒”一事，不但调笑陶公“有止酒诗，却不止酒”，高调附和诗仙李白“从来饮者与圣者与大道与青天，总一个鼻孔出气；而诗心与天地心之萌发，应自有酒之日算起……”更援引酒徒刘伶狂言，认为“酒有九十九失而无一好”乃“妇人之言如何信得”(《止酒二十行》)，乐与古来饮者声气相通，心心相印，虽不似渊明纵酒，尚存李白“怀莫停”之豪情。

（三）

雪在高处亮着。孤独国座立负雪山中，还魂草深植孤峰顶上；“来自孤山之苍翠；仍将孤起为苍翠之明日”（《再来人》），诗是周梦蝶霜雪淬砺的生命实相。诗人以暖热襟怀包覆娑婆世界，千帆过尽，圆满欢喜，“有情有禅”构成诗的全部。周诗既赓续古典诗词悠闲情境，续写了中国文学新页，对于当代禅诗，兼具启示之功与廓清之效。叶嘉莹、余光中皆读出其中的凄哀、凄寒和寂寞，也都听见、看见幻景背后的咏叹与战栗；吾人读其诗，总有“一洗人间万事非”（苏轼《送春》）的舒适畅快感，被净化、澄明，还能扩大。

“诗以人见，人又以诗见”（叶燮《原诗》），周梦蝶人格风格高度统一。归纳整体诗风之发展与转折，《孤独国》蕴涵“宁静”之美；《还魂草》情苦、诗苦，透显“苦”之特征；《十三朵白菊花》散发幽静、闲旷乃至萧瑟之“清趣”；《约会》悠然洒脱，摇曳空灵清凉之“禅趣”；《有一种鸟或人》则繁复归于简约，诗心回归本然纯净，流露率真之“谐趣”。前两阶段以心力为诗，抒情凝重，刻意造境，呈现孤绝冷凝、思致清苦的风貌；后三阶段因对佛理渐有明晰之颖悟，对人生世相练达透彻，已然安时处顺、随缘放旷，故能执简驭繁，境随笔生。由清趣而禅趣而谐趣，创造了莹洁无瑕、淡雅真醇的风骚典律。

夕弭節兮北渚鳥次兮屋上周水兮堂下捐余玦
兮江中遺余珮兮澧浦采芳洲兮杜若將以遺兮
下女時不可兮再得聊逍遙兮容與龍駕兮
帝服聊翱遊兮周章靈皇皇兮既降猋遠舉
兮雲中覽冀州兮有餘橫四海兮焉窮思夫
君兮太息極勞心兮忡忡 雲中君
君不行兮夷猶蹇誰留兮中洲美要眇兮宜
修沛吾乘兮桂舟令沅湘兮無波使江水兮安流
望夫君兮未來吹參差兮誰思駕飛龍兮北征
邅吾道兮洞庭薜荔柏兮蕙綢蓀橈兮蘭旌望
涔陽兮極浦橫大江兮揚靈 湘君
帝子降兮北渚目眇眇兮愁予嫋嫋兮秋風洞庭波兮

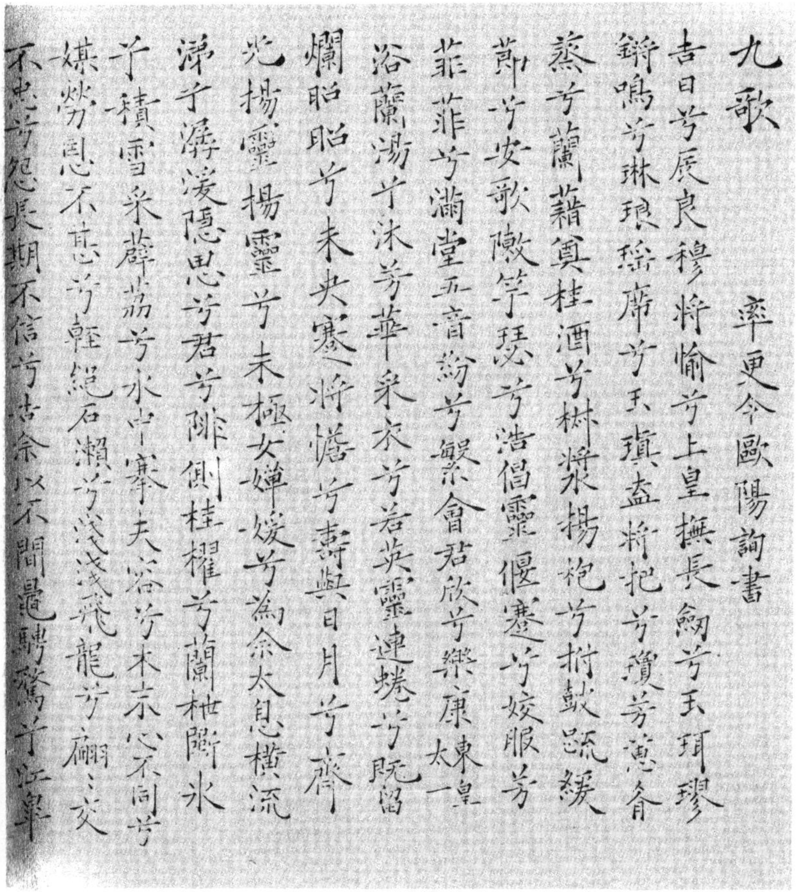

九歌

率更令歐陽詢書

吉日兮辰良穆將愉兮上皇撫長劍兮玉珥璆
鏘鳴兮琳琅瑤席兮玉瑱盍將把兮瓊芳蕙肴
蒸兮蘭藉奠桂酒兮椒漿揚枹兮拊鼓疏緩
節兮安歌陳竽瑟兮浩倡靈偃蹇兮姣服芳
菲菲兮滿堂五音紛兮繁會君欣兮樂康東皇太一
浴蘭湯兮沐芳華采衣兮若英靈連蜷兮既留
爛昭昭兮未央蹇將憺兮壽宮與日月兮齊
光揚靈揚靈兮未極女嬋媛兮為余太息橫流
涕兮潺湲隱思兮君兮陫側桂櫂兮蘭枻斲冰
兮積雪采薜荔兮水中搴夫容兮木末心不同兮
媒勞恩不甚兮輕絕石瀨兮淺淺飛龍兮翩翩交
不忠兮怨長期不信兮告余以不閒鼂騁騖兮江皐

周梦蝶手迹《九歌》。

貝闕兮朱宮靈何為兮水中乘白黿兮逐文魚與女遊兮河之渚流澌紛兮將來下子交手兮東行送美人兮南浦波滔滔兮來迎魚鱗鱗兮媵予河伯

若有人兮山之阿薜荔兮帶女蘿既含睇兮又宜笑子慕予兮善窈窕乘赤豹兮從文貍辛夷車兮結桂旗被石蘭兮帶杜衡折芳馨兮遺所思余處幽篁兮終不見天路險難兮獨後來表獨立兮山之上雲容容兮而在下杳冥冥兮羌晝晦東風飄兮神靈雨留靈脩兮憺忘歸歲既晏兮孰華予采三秀兮於山間石磊磊兮葛蔓蔓公子兮悵忘歸君思我兮不得閒山中人兮芳杜若飲石泉兮蔭松柏君思我兮然疑作雷填填兮雨冥冥猨啾啾兮又夜鳴風颯颯兮木蕭蕭思公子兮徒離憂山鬼

文甫蔡先生仁者惠政

夢蝶再拜沐手恭臨

木葉下登白薠兮騁望與佳期兮夕張鳥何萃兮
蘋中罾何為兮木上沅有茝兮澧有蘭思公
子兮未敢言荒忽兮遠望觀流水兮潺湲
麋何為兮庭中蛟何為兮水裔朝馳余馬兮江皋
夕濟兮西澨聞佳人兮召予將騰駕兮偕逝
築室兮水中葺之兮荷蓋蓀壁兮紫壇匊
芳椒兮成堂桂棟兮蘭橑舉長矢兮射天狼
操余弧兮反淪降援北斗兮酌桂漿撰余轡兮
高馳翔杳冥冥兮以東行　東君
與女遊兮九河衝風起兮水揚波乘水車兮荷蓋
駕兩龍兮驂螭登崑崙兮四望心飛揚兮浩蕩日
將暮兮悵忘歸惟極浦兮寤懷魚鱗屋兮龍堂紫